Scherz Krimi
Spannung mit Niveau

Von Ursula Curtiss sind erschienen:

Alles Böse zum Geburtstag
Ein Mörder schleicht ums Haus
Das eiserne Spinngewebe
Das Haus der leblosen Vögel
Kalte Jagd in Mexiko
Die lächelnde Maske
Der Mann mit dem Papageiengesicht
Mord aus Liebe
Mord in Narkose
Der Mörder steht vor meiner Tür
Die Pappelallee
Schatten an der Wand
Schritte im Nebel
Der Spielverderber
Spieglein, Spieglein an der Wand
Spuren in der Nacht
Stimme aus dem Dunkel
Sturz in die Vergangenheit
Tod einer Krähe
Träum' schön vom Tod
Das unheimliche Grauen
Die Wespen

Ursula Curtiss

Träum' schön vom Tod

Scherz
Bern München Wien

Einzig berechtigte Übertragung aus dem Amerikanischen
von Alix E. Koenig
Titel des Originals: »So Dies the Dreamer«
(Früher bei Scherz erschienen unter dem deutschen Titel:
»Tod dem Träumer«)
Schutzumschlag von Heinz Looser
Foto: Thomas Cugini

3. Auflage 1995, ISBN 3-502-51502-6

Gesamtherstellung: Ebner Ulm

1

Selbst jetzt, nach drei Monaten, konnte Sarah Trafton den Gedanken nicht loswerden, daß alles letzten Endes mit der Nerzfarm zusammenhing. Oder auch mit den Fasanen, obgleich dieser Zusammenhang noch weniger logisch erschien.
Aber das Ganze mußte doch auf etwas Greifbares zurückzuführen sein, mußte doch irgendwann angefangen haben! Denn daß ein geistig normaler, glücklicher, jungverheirateter Mann wie Charles Trafton sich aus einem Fenster im zwölften Stockwerk stürzt, konnte sie selbst heute noch nicht verstehen. Aber war er in diesem letzten Augenblick auch wirklich im Vollbesitz seiner geistigen Kräfte gewesen?

Sarah besaß wohl einen konkreten Anhaltspunkt: die Nacht, in der er zum erstenmal krank geworden war.
Das war in dem kleinen Hotel auf einer der Bermuda-Inseln gewesen, wo sie ihre Flitterwochen verbracht hatten. Sarah hatte fest geschlafen und war dann vor Schreck aus dem Schlaf hochgefahren. Charles stöhnte laut im Schlaf, ein Stöhnen, das immer heftiger wurde, und nur ihre angstvolle Frage, was denn sei, brachte ihn zum Verstummen.
Augenblicklich war es im Zimmer unnatürlich still geworden, als hätten beide zu atmen aufgehört. Sarahs Umhertasten hatte die Nachttischlampe umgeworfen, und das helle Licht beleuchtete jetzt den Boden. Es war halb vier. Charles wandte den Kopf auf seinem Kissen und sah sie fragend an. Sein schmales, kluges Gesicht war völlig ruhig, seine Augen klar.
»Hallo«, begrüßte er sie in freundlichem und munterem Ton, runzelte ein wenig die Stirn und fragte: »Was habe ich denn angestellt?«
Daß er sich an nichts erinnerte, war unmöglich. Sarahs Stimme bebte noch: »Hast du schlecht geträumt, Charles?«
Charles legte sich auf den Rücken, weil das Licht ihn blendete – oder wollte er nicht, daß sie sein Gesicht sah? »Ich hatte einen Alptraum. Entschuldige bitte.«
Sie ging ins Badezimmer, holte ein Glas Wasser und zündete

sich im Gehen eine Zigarette an. Der ausgestandene Schrekken war jetzt vorbei, aber nicht überwunden. Plötzlich erinnerte sie sich an etwas, verdrängte es aber sofort wieder. An eine Zeitungsnotiz über Eingeborene in Afrika, von denen eine große Anzahl im Schlaf, offenbar vor Schreck, gestorben war.
Damals waren sie gerade fünf Tage verheiratet gewesen.

Am nächsten Tag und auch während der darauffolgenden Tage wurde das seltsame nächtliche Erlebnis weder von Charles noch von Sarah erwähnt. Charles war vollkommen glücklich und sorglos, und abgesehen von einem leichten Unbehagen vor dem Schlafengehen, hatte Sarah die ganze Sache vergessen. Sie schwammen oft, tranken eine Menge und nahmen sehr reichhaltige Mahlzeiten ein, bei denen einer dem anderen mit seiner Kenntnis der richtigen Weinsorten imponieren wollte.
»Eigentlich ein leichter Wein«, äußerte sich Sarah bei solchen Gelegenheiten mit tiefem Ernst. Und nach wiederholtem Kosten, Kopfnicken und Stirnrunzeln meinte Charles: »Ich möchte da sogar noch weiter gehen. Ich nenne das ›federleicht‹.« Dann hob er wieder das Glas, beugte den Kopf zurück. »Also sozusagen ein unsichtbarer Wein«, bestätigte Sarah.
In der Nacht, ehe sie wieder nach Hause fuhren, wiederholte sich der ganze Vorgang. Diesmal rief Sarah sofort: »Charles, was hast du eben geträumt?«
»Weißt du, woher das alles kommt . . .«, sagte Charles und sah sehr erleichtert aus, »nur von diesen raffinierten Menüs, die für einen Bauernburschen wie mich viel zu schwer sind, und von dem vielen Schwimmen. Mein Magen ist einfach völlig durcheinander.«
Aber Sarah lächelte nicht. Diesmal hatte sie die Lampe nicht umgeworfen und sah die verräterische Feuchtigkeit auf seiner Stirn, die den klaren, triumphierenden Ausdruck seiner Augen Lügen strafte. »Nach einem solchen Alptraum mußt du doch wenigstens eine Ahnung haben, was du eigentlich geträumt hast. Man stürzt ab oder ist in einem brennenden

Haus eingesperrt oder . . . An irgend etwas mußt du dich doch erinnern können.«
»Wenn ich mich aber doch nicht erinnern kann«, äffte Charles sie nach, sah dann ihr Gesicht und setzte sich sofort im Bett auf. »Sarah, mein Liebes, verzeih mir, ich wollte dich nicht . . .«
»Ach, Unsinn!« Sie lächelte steif. »Ich bin nur etwas beunruhigt. Solche Träume sind für einen Menschen nicht gerade gesund, und du wirst vielleicht begreifen, daß sie für mich nicht sehr schmeichelhaft sind.«
»Mit dir hat das überhaupt nichts zu tun«, fuhr Charles sie scharf an und setzte nach einem Augenblick völliger Stille hinzu: »Aber du hast recht. Weißt du was, wenn wir wieder daheim sind, lasse ich mich untersuchen. Dann bist du wenigstens beruhigt.«

Aber er ging nicht zum Arzt. Als sie sich in ihrer Wohnung in New York richtig eingelebt hatten, erklärte er: »Ja, richtig. Also morgen. Erinnere mich daran.« Sarah tat das so lange, bis dieses Erinnern ihr beinahe peinlich wurde. Aber trotzdem gelang es ihm immer wieder, sich vor einer festen Verabredung zu drücken.
Diese sogenannten Alpträume – eine genausowenig zutreffende Bezeichnung wie etwa das Wort »Lüftchen« für einen tropischen Wirbelsturm – wiederholten sich immer wieder und wurden schließlich zu einer Art schauerlicher Kulisse. Wenn er mehr getrunken hatte, schlief er die Nacht durch, war aber am Morgen natürlich gereizt. Anfangs hatten drei Cocktails diese Wirkung. Dann kamen Wein zum Dinner und drei Cocktails und noch ein letzter Drink vor dem Schlafengehen, aus dem später zwei wurden.
Wenn er abends nicht getrunken hatte, fürchtete sich Sarah vor der Nacht, denn sie wußte genau, daß sie wieder geweckt würde und auch, auf welche Art. So sehr sie auch darauf vorbereitet war, blieb der Schock immer derselbe. Wie einer, der vor einer Folterkammer steht, weiß, was sich hinter der Tür abspielt, und nicht imstande ist zu helfen.
Und dann machte sich bei Charles auch noch eine andere Veränderung bemerkbar.

Sarah hatte sich die Gründe, weshalb sie eigentlich geheiratet hatte, nie recht klargemacht. Mit zweiundzwanzig Jahren hatte sie beide Eltern verloren. Ihr einziger Bruder war in Korea gefallen, und ihre Schwester war verheiratet und lebte in San Franzisko. Daß sie schließlich mit Hilfe von Freunden aus ihrer Geburtsstadt in Connecticut nach New York zog, war eigentlich unvermeidlich.

In der ersten Stellung war sie Stenotypistin, in der zweiten Sekretärin; dann wurde sie Sekretärin in einer Werbeagentur. Mit einiger Begabung und einer tüchtigen Portion Glück landete sie schließlich in der Textabteilung der Agentur. Sie besaß gute Manieren, eine rasche Auffassungsgabe und ein anziehendes Äußeres – war also jemand, den man Kunden effektvoll vorführen konnte – und das Unbefriedigende ihrer Existenz in dieser winzigen Welt, die so gänzlich spezialisiert war, wurde ihr erst nach zwei Jahren wirklich bewußt.

Die Frauen, mit denen sie hier in Kontakt kam, waren geradezu phantastisch elegant, geistreich, ungeheuer gewandt und tödlich ehrgeizig; die Männer genauso geistreich, dazu reizend und hilfsbereit und sämtlich verheiratet, wenn auch nur selten öfter als zweimal. Ein paar führten sie nach Büroschluß zu einem Cocktail aus. Die Abfahrt des Zuges, mit dem sie von ihren Frauen in den Vororten erwartet wurden, wurde mit einer lässigen Handbewegung abgetan, und sie begriff erst später, was hier gespielt wurde.

Der Werbeauftrag eines Stoffabrikanten führte sie mit Charles zusammen. Er war nicht selbst der Kunde, sondern nur mit ihm befreundet und stammte aus der Gegend von Boston. Seine wirklich auffallende Schönheit schien ihn befangen zu machen: das Gesicht schmal und lebendig, helles Haar, groß gewachsen und von lässiger Schlankheit. Der übertriebene und gekünstelte Jargon der Werbewelt war ihm nicht geläufig. Sarah, die noch an den Folgen einer Zuneigung zu einem Direktor der künstlerischen Abteilung litt, erschien er wie ein guter Samariter in einer grausamen Welt. Er war ein strahlender, offenherziger Mensch, der es nicht nötig hatte, seine Persönlichkeit mit einer Menge Komplexen – zu fünfzig Dollar pro Stunde – aufzupumpen. Er arbeitete in der New Yorker

Filiale eines Bostoner Verlages, der seinem verstorbenen Onkel gehört hatte, und hegte keinerlei Absichten, über die Leichen seiner Kollegen hinweg eine Beförderung zu erlangen.

Als er sie das zweitemal zum Dinner ausführte, fragte er: »Haben Sie Fasane gerne?«

»Ich habe nur einmal einen gegessen, aber der war . . . Warum lachen Sie denn?«

Er mußte sich erst erholen. »Ich meine doch lebendige! Ich habe nämlich eine Tante, die sie züchtet, und ich möchte, daß Sie meine Tante kennenlernen.«

Er war ja selber offenherzig, daß Sarah keine langen Umschweife machte, sondern erklärte, daß sie sich darauf freue, seine Tante kennenzulernen. Dann sah sie ihn von der Seite durch die Wimpern an, stellte aber sofort ärgerlich fest, daß das ein Trick war, den sie von der Leiterin ihrer Abteilung gelernt hatte, und sah ihm offen ins Gesicht.

»Was für schöne Augen Sie haben«, sagte Charles Trafton verträumt. »Grüne Augen. Der die Geschichte vom grünäugigen Ungeheuer erfunden hat, muß sicher blaue Augen gehabt haben.«

Eigentlich war alles damals schon zwischen ihnen abgemacht, wenn auch noch weitere fünf Wochen vergingen, ehe sie sich verlobten. An dem Sonnabend fuhren Sarah und Charles nach Massachusetts, um seine Tante zu besuchen. Eine ungewöhnlich aussehende Sechzigerin, die den Eindruck erweckte, als sei sie früher einmal an der Bühne gewesen, während sie tatsächlich die Witwe eines Eisenbahndirektors war. Sie hieß Bess Gideon, und auf einer Tafel an der Einfahrt zu dem Besitz stand *Vogel-Farm*, was Sarah aus reinem Anstand, ohne mit der Wimper zu zucken, hinnahm.

Außer Bess gab es in dem alten renovierten Bauernhaus noch eine ganze Menge Leute. Darunter vor allem Bess' Sohn, Hunter Gideon, ein etwa vierzigjähriger großer Mann mit sonnengerötetem, barschem Gesicht. Dem fehlt nur der Schnurrbart, dachte Sarah, dann sieht er aus wie der typische Sheriff in einem Film im Wilden Westen. Im Gegensatz dazu sah Bess Gideons Neffe Milo wie eine Eule aus, fett, verschlossen und mit einem Ausdruck boshafter Weisheit. Hingegen war seine Frau Evelyn von geradezu erschreckender Aufgeschlossenheit. Nach kaum zehn Minuten begann sie schon hemmungslos die ganze Liste ihrer vierundsechzig verschiedenen Allergien aufzuzählen.

Sarah zwang sich zu einem Gesichtsausdruck, der die richtige Mischung aus Faszination und Mitgefühl zeigen sollte, blickte ihr in die vorstehenden blauen Augen, und einen Augenblick zauderte sie. Sie wußte wohl, daß sie zu keinem dieser Menschen näheren Kontakt zu pflegen brauchte, weder zu dem Sheriff noch der Eule oder der Dame, die plapperte, als hinge ihr Leben davon ab. Aber schließlich gehörten sie doch zu Charles' Welt und waren seine einzigen Angehörigen. Erwartete Charles von ihr, daß sie sich etwa wie Evelyn benehmen sollte oder wie seine etwas erschreckende Tante? In diesem entscheidenden Moment merkte sie, wie Charles sie ansah, sie ganz leicht und beschämt anlächelte und sich dann wieder dem Gespräch mit Hunter zuwandte.

Und dann gingen sie zu den Fasanen. Ganz in Charles versunken, aber von seiner Familie bedrückt, und bemüht, ihr eigenes Ich gewissermaßen zu spalten, um diese Gegensätze verstehen zu können, war Sarah trotzdem von dem Anblick dieser schönen, ruhevollen Vögel wie geblendet, die in ihren peinlich sauberen Drahtkäfigen in der Ecke hinter der angebauten Scheune auf und ab spazierten. Ihre Gefieder waren schwarz oder silbrig, flammendrot, grün und creme, bronzefarben, gelb und blau und bekamen, wenn ein Sonnenstrahl sie traf, eine Unmenge phantastischer Zwischentöne.

Während Sarah ihnen zusah, stolzierte ein erdfarbener Vogel in einen Lichtstrahl und zeigte plötzlich ein klar gezeichnetes Muster – blaue, schimmernde Augen auf kupfernem Grund. Aus Angst, dieses einzigartige Geschöpf zu erschrecken, wagte sie nicht, sich zu rühren. Aber Charles bückte sich lässig, packte eine Handvoll Grünzeug und hielt es ans Gitter. Der Fasan kam zierlichen Schrittes fragend näher, wandte den Kopf zur Seite, schenkte Sarah einen neugierigen, rundäugigen Blick und nahm die Halme gierig entgegen.

»Auf Löwenzahnblätter sind sie wie wild«, erklärte Charles,

»und mit Rosinen oder gekochten Kartoffeln kann man sie bis ans Ende der Welt locken. Sieh nur, wie sie jetzt wieder darauf warten.«

Das war im August gewesen, an einem späten Nachmittag, als die Sonne schon im Sinken war, um die Stunde, da die Luft trotz aller Gesättigtheit mit der Wärme des Tages wiederum die durchsichtige Klarheit des frühen Morgens besitzt. Auf dem kurzgeschnittenen Rasen lagen die Schatten dunkel und scharf abgegrenzt, und an den Fichten, die hinter den Fasanenställen als Windschutz wuchsen, konnte man fast jede einzelne Nadel erkennen. Die Luft war voll zarten Dufts.

Während Charles den Fasanen zusah, konnte Sarah ihn beobachten. Sein Gesicht zeigte ruhige Freude und Klarheit und nicht die Spur eines Zwiespalts. Der Teil New Yorks, in dem sie lebte, sein falsches Glitzern, sein lächelnder, tödlicher, täglich wiederholter Wettkampf ums Leben, war ihr vorher niemals so unwirklich, so unendlich fern erschienen.

»Aber jetzt wär's an der Zeit für einen Drink«, meinte Charles fast widerstrebend. »Das mit Evelyn tut mir leid. Aber wenn sie erst einmal die Litanei über ihre Allergien aufgesagt hat, gibt sie es gewöhnlich auf und sucht sich ein anderes Opfer. Diese Allergien sind sozusagen ihre einzige persönliche Eigenart. Man kann da nur eines tun: sich fest auf etwas ganz anderes konzentrieren, denn merken tut sie das ja ohnehin nicht. Beim Zuhören habe ich mir schon eine Unmenge Briefe im Kopf zurechtgelegt.«

Im Zauberbann dieses Friedens erklärte Sarah, daß Evelyn sie überhaupt nicht störe. Als sie gerade durch den Stall und die Scheune ins Haus zurückgingen, rief eine dunkle Frauenstimme hinter ihnen: »Charles!« Noch ehe sie sich umwenden konnte, hatte Sarah das ganz bestimmte Gefühl, daß das keine Stimme einer Kusine oder irgendeiner Tante sein konnte. Daß Kate Clemence weder das eine noch das andere war, erwies sich sehr deutlich. Sie war groß – so groß wie Charles – hatte schwarzes, unregelmäßig geschnittenes Haar (aus Nachlässigkeit oder Absicht?), graue Augen mit schwarzen Wimpern und zeigte eine geradezu unerschütterliche Gelassenheit. Sie hatte einen Arbeitsanzug und ein weißes Männerhemd an, das am Hals offenstand, und jeder Hollywood-Agent, der sie in diesem Aufzug in der Madison Avenue gesehen hätte, würde sie unbedingt und augenblicklich für irgendeine Filmrolle engagiert haben. Noch ehe sie ein Wort gesagt hatte, haßte Sarah sie schon mit einem gesunden, instinktiven Haß. Die Clemences – Kate und ihr Bruder – wohnten, wie Charles erwähnte, als er die beiden Frauen einander vorstellte, in dem Haus, das man durch die Fichten gerade noch sehen konnte. Sehr bequem für sie, dachte Sarah und war über ihre eigene Bosheit entsetzt. Kate konnte einfach wunderbar mit Geflügel umgehen, hatte dafür eine ganz besondere Gabe – das wird ja immer schöner! – und hatte Bess Gideon oft beigestanden, wenn ein Hahn kuriert werden mußte, oder Fallen für sie ausgelegt, wenn einmal ein räuberischer Nerz aus der nahegelegenen Farm entkommen war.

Sarah und Kate lächelten einander mit wohleinstudierter Liebenswürdigkeit an, und Sarah ging dann taktvoll. Ein Anlaß dazu bot sich in Gestalt einer plötzlich aufgetauchten, winzigen, mit Federhütchen und Federhöschen geschmückten schwarzen Henne. Wie Charles ihr später erzählte, war es eine japanische Seidenhenne gewesen, Bantams, die hier gehalten wurden, um Fasaneneier auszubrüten. Denn Fasanen in der Gefangenschaft lehnen es ab, ihre eigenen Küken aufzuziehen, während den Zwerghühnchen alles und jedes zum Brüten recht war.

Die kleine Henne zu Sarahs Füßen sah erwartungsvoll und etwas beleidigt aus, und als Sarah niederkniete und ihr die Hand hinhielt, pickte sie in der Handfläche herum und äugte dann gekränkt zu Sarah empor. Aus dem Hintergrund, in ein paar Metern Entfernung, war Kates Murmeln zu verstehen: »Sie haben jetzt herausbekommen, wer die Tote auf der Nerzfarm war – hat dir Bess davon erzählt?«

»Nein.«

Bei der Nennung des Namens sprach Kate noch leiser. Aber Charles schien an solche Vorsicht nicht zu denken, denn als Sarah der schwarzen Henne ein paar Blätter anbot, hörte sie sein seltsam drängendes Fragen: »Doch nicht *die* Miss Braceway . . . doch nicht die Krankenschwester?«

Kate Clemence mußte wohl mit dem Kopf genickt haben. »Du kennst doch die kleine Hütte dort draußen am Waldrand? Die Polizei meint, daß irgendein Mann . . .«
Jetzt entfernte Sarah sich noch etwas weiter von den beiden. Der Ton tiefer Teilnahme in der Stimme dieser Frau war nicht für ihre Ohren bestimmt. Eine Krankenschwester? An was erinnerte sie das nur? Daran, daß Charles' Stiefmutter, an der er sehr gehangen hatte, vor mehreren Monaten an Lungenentzündung gestorben war. Und zwar hier im Haus. Kurz vor ihrem Tod war Charles auf der Farm gewesen und hatte die Krankenschwester natürlich kennengelernt.
»Herausbekommen«, wer sie war. Das Wort hatte einen unangenehmen Beigeschmack, deutete auf den unglaubwürdigen Wunsch hin, nicht erkannt zu werden . . . »Also, sieh mal«, redete Sarah, wieder auf den Knien, der kleinen Henne energisch zu. »Wenn Fasanen Löwenzahnblätter wirklich so gerne haben, sehe ich nicht ein, weshalb du sie nicht magst.«
Also irgendein Mann. Das bedeutete doch, daß sie eine junge, und keine ältere Frau gewesen war. Charles' Stimme über ihr klang fast wieder normal. »Die heißt ›Mitternacht‹. Sie wurde hier im Hause aufgezogen und wird lächerlich verwöhnt. Jetzt ist's aber wirklich höchste Zeit für unseren Drink, meinst du nicht auch?«
Als Sarah aufstand, bemerkte sie seinen gespannten Gesichtsausdruck. Kate Clemence war verschwunden, nachdem sie Charles alle Ruhe und Zufriedenheit geraubt hatte. Seine Stimme klang schroff: »Wirklich scheußlich. Denk dir, die Krankenschwester, die meine Stiefmutter pflegte, ist tot aufgefunden worden.« Er deutete mit dem Kopf in die Ferne. »Dort oben, in einem Feld. Sie war mindestens fünfzig, ein sehr vernünftiger und außerordentlich tüchtiger Mensch. Ich kann mir gar nicht vorstellen . . .« Er stockte und schüttelte den Kopf. Sarah, der jetzt eine Last vom Herzen fiel, sagte nur: »Wie schrecklich. Glaubst du, daß jemand dort in den Wäldern . . .?«
Charles schüttelte nur wieder den Kopf, als wollte ihm das Ganze überhaupt nicht eingehen. Dann gingen sie durch den Stall, der jetzt in Fasanenkäfige unterteilt war, in die Scheune,

in der alle Wände mit alten Pferdegeschirren behängt waren. Eine blaubemalte Tür führte in den Gang zur Küche. Als Charles sie öffnete, hörte man das Durcheinander vieler Stimmen. Sein Gesicht hellte sich auf. »Harry Brendan hat mir gesagt, daß er vielleicht heute abend kommt. Hoffentlich hat er's geschafft. Denn mir liegt ganz besonders viel daran, daß du gerade ihn kennenlernst.«

2

Instinktiv, wie sie vorhin Kate Clemence durchschaut hatte, war Sarah jetzt vor Harry Brendan auf der Hut. Weil sie so überzeugt war, daß Charles der richtige Mann für sie sei, lehnte sich etwas in ihr gegen den Unbekannten auf, dessen Einverständnis Charles sich erhoffte und dem er sich unbewußt unterordnete. Sie war jetzt wieder in Evelyns Klauen geraten, merkte die Bosheit in Milos scheinbar gelehrten Einwürfen während der Unterhaltung und sah dabei immer wachsam zur Tür.

Leute kamen herein, wurden Sarah vorgestellt und verloren sich dann in Bess Gideons langgestrecktem Wohnzimmer, über dessen Eingangstür zwei Fasanenfedern angebracht waren. Über dem Kamin hing ein altmodischer Konvexspiegel, dessen Goldrahmen auf der Innenseite schwarz bemalt war. In dem Spiegel konnte Sarah die verkleinerten Gestalten im Raum beobachten. Sie war ganz erschrocken, als ihre Augen in diesem Spiegel dem Blick eines Mannes in einer entfernten Ecke begegneten, der, nach seiner lässigen Haltung und dem Glas in seiner Hand zu schließen, offenbar schon längere Zeit im Zimmer war.

Sarah wußte sofort, daß das Harry Brendan war. Wahrscheinlich war er in aller Stille zugleich mit anderen ins Zimmer gekommen, und die Stetigkeit, mit der er sie ansah, bedeutete, daß er Sarah schon länger in aller Muße beobachtet haben mußte. Sie wandte absichtlich die Augen ab und fühlte dabei, wie ihr ganz grundlos die Röte ins Gesicht stieg. Aber dann tat

sie etwas Verhängnisvolles – sie schaute wieder in den Spiegel.
Das hatte er sicher vorausgesehen. Denn sein Blick war erwartungsvoll, wie von jemandem, der darauf rechnet, daß eine Tür sich wieder öffnet und damit ein Versprechen eingelöst wird. Später wußte sie, daß es sich hier nur um das plötzliche und unerklärliche Gefühl der Gemeinsamkeit mit einem Fremden handelte, ein kurzer Moment vollkommener Zusammengehörigkeit, den jeder überall erleben kann – in einem überfüllten Restaurant oder im Menschengewühl eines Bahnhofs. Aber im Augenblick war sie sich nur ihres Ärgers bewußt und hatte das Gefühl, als hätte sie Charles betrogen.
Als Charles sie einander vorstellte, hatte sich dieser kurze Eindruck so sehr verflüchtigt, daß sie gar nicht mehr wußte, ob er überhaupt existiert hatte. Harry Brendan hatte seinen Zauber verloren, war nur Charles' Freund. Ein paar Jahre älter, dunkel, schlanker und nicht ganz so groß wie Charles. Sarah lächelte und sagte, daß sie sich freue, ihn kennenzulernen. Und Harry Brendan lächelte zurück und fragte, ob sie Skitter Schofield kenne, der Leiter der Buchhaltung bei Supersheen sei.
Charles fragte sie später ganz ängstlich: »Wie hat Harry dir gefallen? Du hast natürlich keine richtige Gelegenheit gehabt, dich mit ihm zu unterhalten.«
»Er scheint ein ganz netter Mensch zu sein.«

Das war ihr erster Besuch in einer ganzen Reihe von Wochenendfahrten zur Farm gewesen. Ihre Heirat mit Charles fand im Oktober statt. Harry Brendan hätte Trauzeuge sein sollen, aber im allerletzten Augenblick kam eine Mitteilung von ihm, daß er erkrankt sei, ohne dabei zu sagen, an was, und ein gewisser Tom Proctor, den Sarah nie vorher im Leben gesehen hatte und auch nachher nie wieder sah, nahm seinen Platz ein.

Daß Charles trank, war etwas, womit sie hätte fertig werden können oder das ihr wenigstens verständlich gewesen wäre. Was ihr aber jede Waffe aus der Hand nahm, war seine innere Veränderung. Diese Melancholie seiner vorher so strahlenden

Persönlichkeit, in die sie sich ja verliebt hatte, und sein Zynismus, der ihr völlig neu war.
Im November sagte sie einmal mit der Ruhe der Verzweiflung zu ihm: »Charles, wenn du mir's nur wenigstens erzählen würdest.«
»Was erzählen?« war Charles' gereizte Gegenfrage nach seinem vierten Cocktail. »Wie spät es ist? Oder vielleicht eine Geschichte?«
Sie mußte sich beherrschen, wenn es ihr auch noch so schwerfiel. »Mir erzählen, was dich so quält. Was dich mit diesen schrecklichen Alpträumen aus dem Schlaf reißt – und mich auch.«
Charles starrte erst nachdenklich in sein Glas und sah dann sie an. Dann sagte er sehr langsam und deutlich: »Ist dir auch bewußt, daß du die allerletzte wärst, der ich so etwas erzählen würde?«
»Danke«, erwiderte Sarah und wurde schneeweiß. Aber in dem Augenblick war Charles schon aufgestanden, hatte sie an sich gerissen und stammelte wirr über ihr Haar weg: »Sarah, ich habe das doch nicht so gemeint – ich weiß gar nicht, weshalb ich so etwas . . . Bitte, ich werde den Doktor Sowieso im ersten Stock morgen aufsuchen. Und dann wirst du sehen, daß mir nichts anderes fehlt als ein Vitamin B oder so was ähnliches. Der wird dann einen neuen Menschen aus mir machen, so neu, daß wir noch einmal heiraten müssen!«
Diesmal ging er wirklich zum Arzt und kam mit einem Fläschchen weißer Pillen zurück, das er ihr triumphierend zeigte. »Schlangenwurzel!« erklärte er in bester Stimmung. »Immer eine vor dem Schlafengehen. Aber wenn ich zu zischen anfange und Leuten die Zunge zeige, gebe ich die Kur auf.«
Sarah war aber noch nicht ganz beruhigt, und als er dann in sein Büro gegangen war, rief sie den Arzt an. Der Arzt erklärte ihr, daß ihr Mann körperlich in einem ausgezeichneten Zustand sei. Gegen die Schlaflosigkeit habe er ein mildes Beruhigungsmittel verschrieben.
»Aber wie steht es denn mit diesen Alpträumen«, fragte Sarah, »wenn doch kein physischer Grund dafür vorhanden ist?«

»Alpträumen?« Die Stimme des Arztes klang verwundert. Charles nahm seine Pillen ein oder behauptete jedenfalls, daß er sie einnähme, und ein paar Nächte lang schrie er auch wirklich nicht mehr, schlief aber sehr unruhig.

In der Woche vor dem Erntedankfest gab es eine kurze Atempause. Sarah war spät an einem kalten Nachmittag die Fifth Avenue hinuntergegangen, blieb stehen, um eine Frau genauer anzusehen, die dort auf ein Taxi wartete, und rief dann erstaunt: »Kate!«

Kate Clemence schien genauso erstaunt. Sie erzählte, daß sie nach New York gefahren sei, um Einkäufe zu machen, bei einer Freundin wohne und Sarah und Charles nur deshalb nicht besucht habe, weil sie annahm, daß Besucher jetzt noch nicht sehr willkommen seien. Da Sarah so ausgezeichnet aussehe, brauche sie sich gar nicht erst nach Charles' Befinden zu erkundigen.

Aber eine solche Frage stand trotzdem sehr klar und deutlich in ihren großen, klaren und ruhigen Augen und wurde instinktiv von Sarah beantwortet: »Ach, ihm geht's wunderbar, aber wenn ich Sie mir so durch die Finger schlüpfen lasse, wird er mir das nicht verzeihen. Kommen Sie doch heute zum Dinner zu uns, ja?«

Sie sah aber schon die Schwierigkeiten voraus, die hier bevorstanden: Charles' gereizte Stimmung, die allzu vielen Cocktails – als Kate die Einladung dankend, aber entschieden ablehnte. Sie habe versprochen, die Tante ihrer Freundin, die zu Besuch erwartet wurde, am Grand-Central-Bahnhof abzuholen, und es war abgemacht worden, irgendwo in der Stadt zu essen. Aber zu einer Tasse Tee hätte sie gerade noch Zeit – wenn Sarah das paßte.

Beim Tee fragte sie dann: »Kommt ihr denn zum Erntedankfest heim? Bess hat gemeint, daß ihr vielleicht kommen würdet, und ich weiß, daß sie sich sehr darauf freut.«

»Wir würden natürlich mit Freuden hinfahren, aber unglücklicherweise . . .«

Dann ließ sie eine weitschweifige und völlig erfundene Erklärung vom Stapel. Der wahre Grund war, daß sich bei Charles eine neue Veränderung gezeigt hatte: er zog sich plötzlich von

allen Menschen zurück. Vor kaum einer Woche war er noch blasser und gereizter als sonst aus dem Büro gekommen, und Sarah hatte ein Wochenende auf der Farm vorgeschlagen. Wenn er in solcher Stimmung war, fühlte sie sich immer unsicher. Aber auf seinen starren Blick, das Glitzern seiner Augen, die sich nur mit Mühe auf sie einstellten, auf seinen höhnisch verzerrten Mund war sie trotzdem nicht gefaßt gewesen. »Das ist ja ein glänzender Einfall! Und das genauso.« Damit schleuderte er ein paar Eiswürfel in sein Glas, daß der Whisky hochspritzte. »Zum Wohl!« Dann starrte er in sein Glas. »Glück auf . . .«
Er wollte selbst Harry Brendan nicht mehr sehen. Unter normalen Umständen hätte sie sich geschmeichelt fühlen können, aber wie die Dinge jetzt standen, war hier nur ein neues Symptom, das ihr noch mehr Sorgen machte.
»Ach, das ist aber wirklich schade«, meinte Kate bedauernd, als ihr langer Bericht über die vielen Geschäftsverpflichtungen schließlich zu Ende war. Und weil ihr klarer, durchdringender Blick sich während dieser ganzen Erzählung niemals verändert hatte, konnte Sarah unmöglich feststellen, ob sie diese Lügen geglaubt hatte oder nicht. »Übrigens müssen Sie Charles noch erzählen – denn vielleicht hat Bess es ihm noch nicht geschrieben –, daß sie den Mörder der Krankenschwester gefaßt haben. Er war ein paar Tage vorher bei der Nerzfarm hinausgeworfen worden und hatte offenbar in einer Hütte auf dem Besitz kampiert und seither dort ständig getrunken. Gott weiß, was er eigentlich vorgehabt hat, aber die Polizei glaubt, daß er die Frau für jemand anderen gehalten haben muß.«
Sarah hatte Charles das am selben Abend erzählt. Sein Blick wurde durchdringend. Erst starrte er sie an, dann auf den Teppich. »War's Peck?«
»Kate hat keinen Namen genannt, nur daß er auf der Nerzfarm gearbeitet hat. Sie sagte, du würdest es schon wissen.«
»Peck!« wiederholte Charles mit einem kaum hörbaren Seufzer. »Du lieber Gott, der arme Peck. Er war dort in der Nähe seit vielen Jahren Gelegenheitsarbeiter – nur weil er ein Gesicht hat, das die Leute nicht mögen, aber dafür kann er ja nichts. Das muß sich vielleicht am Ende doch rächen . . .« Er

rieb sich heftig die Augen, war aber irgendwie erleichtert. Die Nachricht schien ihn entspannt zu haben, obgleich er Sarah gegenüber den Tod der Krankenschwester niemals wieder erwähnt hatte. Nach dem Essen trank er nur einen Whisky, schluckte seine Pille ohne seine gewohnten Späße und schlief die Nacht durch, ohne sich zu rühren.

Diese friedliche Stimmung hielt ganze zwei Tage an.

An einem verschneiten Abend Ende November, als in der Wohnung alles täuschend still und von warmem Licht überflutet war, erklärte Sarah plötzlich in aller Ruhe: »Charles, hör mich an. Es scheint, daß *du* imstande bist, alles das zu ertragen – ich kann's nicht. Ich weiß, daß du mir nicht sagen willst, um was es sich eigentlich handelt, aber willst du nicht doch einen Psychiater zu Rate ziehen?«

Daß sie zu dem unkomplizierten und offenen Menschen, den sie geheiratet hatte, jemals auf diese Art reden würde, wäre ihr früher undenkbar erschienen, und Charles empfand die Bitternis dieses Augenblicks genauso tief wie sie selber. Er wandte sich nicht vom Fenster ab, wo er gestanden und auf die Straße hinuntergestarrt hatte, und lachte nur kurz auf: »Warum nicht gleich in die Nervenheilanstalt?«

»Hör auf!« Sarah versuchte krampfhaft, ihre Stimme zu beherrschen. »Du mußt jetzt zu einem Spezialisten gehen. Dazu sind diese Leute ja da. Wenn nicht um meinetwillen, dann um deinetwillen. Ich . . . kann nicht . . .«

Nach vielen Wochen unablässigen Drucks war der zu straff gespannte Zügel gerissen. Sie wandte sich ab, blind vor Tränen und wäre am liebsten aus der Wohnung gelaufen. Aber dann hörte sie, wie Charles sie flehend beim Namen rief. Als sie sich umdrehte und sein Gesicht sah, wagte sie es nicht mehr, ihn zu verlassen.

Von einem Psychiater war zwischen ihnen von da an nicht mehr die Rede. In der darauffolgenden Woche kam Hilfe von unerwarteter Seite. Charles' Verlag begann einen Werbefeldzug für ein neues Buch halb religiösen Inhalts – »Jedes Exemplar wird mit einem zusammenlegbaren Heiligenschein geliefert«, meinte Charles, und er hatte bis spät am Abend im Büro zu arbeiten. Rein physische Erschöpfung erzielte, was

weder Beruhigungsmittel noch Alkohol erreichen konnten; dazu kam noch die Konzentration auf die Arbeit, wenn sie auch nur kurze Zeit dauerte. Er schlief weniger, aber dafür fest und ruhig. Dann mußte er nach Chikago fahren, um sich mit dem Autor zu besprechen, und als er zurückkam, sah er so vergnügt aus, wie sie ihn seit langem nicht gesehen hatte.
Sarah war daher viel allein. Sie gewöhnte sich daran, früher als sonst zu essen und, weil Charles ja kaum vor neun Uhr nach Hause kam, zu einer frühen Vorstellung ins Kino zu gehen, eine Ausstellung zu besuchen oder einfach spazierenzugehen. Bei der letzten schrecklichen Aussprache war sie sich darüber klargeworden, daß Charles ein schwacher Mensch war, schon immer schwach gewesen sein mußte, daß seine Heiterkeit nichts als eine Flucht war, ein Ausweg aus seiner inneren Zerrissenheit. Seine scheinbare Offenheit verdeckte nur seine innere Leere.
Natürlich faßte sie diese Erkenntnis nicht in solche Worte und war sich solcher Gedanken nicht einmal bewußt. Wer ist imstande, genau zu sagen, wann Liebe sich zu Zärtlichkeit und Besorgnis wandelt? Aber wenn sie auch selbst nichts von dieser Wandlung wußte, spürte sie sie. Und ihre Nerven spielten ihr jetzt immer wieder neue Streiche. Einmal war sie sicher, daß sie Harry Brendan gesehen hatte, wie er gerade aus dem Theater kam. Das nächste Mal hätte sie geschworen, daß der große Mann, der sich von einer Skulptur in einer Ausstellung abwandte, Hunter Gideon war. Aus dem Augenwinkel sah sie Milos unheimlich große, immerzu rutschende Hornbrille auf immer neuen unbekannten Gesichtern, aber wenn sie sich dann umdrehte, war's immer das Gesicht eines Fremden.
Natürlich, denn wenn einer von ihnen in New York gewesen wäre, hätte er sich bei Charles gemeldet, und der hätte ihr davon erzählt.
An einem Abend Anfang Dezember kam Sarah kurz nach neun Uhr nach Hause. In der Wohnung warteten Polizeibeamte auf sie mit der Nachricht, daß Charles tot sei.

3

Harry Brendan war sofort gekommen, und auch Bess und Hunter. Taktvollerweise kam Kate Clemence erst am darauffolgenden Tag. Alle boten Sarah ihre Hilfe an, aber abgesehen von einer halberstickten Bitte an Harry, den passenden Anzug für Charles herauszusuchen, kümmerte sie sich um alles selbst, arbeitete unausgesetzt, innerlich erstarrt, ohne jeden Gedanken an die Zukunft oder selbst an die Vergangenheit, nur auf die Dinge konzentriert, die sofort erledigt werden mußten.

Die gewohnten Beileidsbezeigungen waren etwas gezwungen, denn obgleich in den kurzen Zeitungsberichten die Worte »fiel« oder »stürzte« gebraucht wurden, war festgestellt worden, daß Charles Selbstmord begangen hatte.

Die Vorbereitungen für Charles' Begräbnis waren in gewissen Augenblicken, wie das ja häufig vorkommt, beinahe die gleichen wie die Vorbereitungen für eine große Gesellschaft. Durcheinander, eilige Anordnungen, Sorge für die richtigen Getränke, das Arrangement von Blumenspenden – »Ich glaube, dort in der Ecke machen sie sich besser . . . Oder ist der Tisch zu klein? Vielleicht tun wir die Rosen lieber . . .?« Diese Dinge linderten zwar nicht die Trauer, aber sie waren etwas, an dem man sich festhielt wie an einer notwendigen Krücke.

Bess' schönes Gesicht zeigte den rechten Ausdruck der Verhärmtheit. Aber praktisch wie immer, kümmerte sie sich darum, daß jeder die passenden Hüte und Handschuhe bekam, wofür Sarah ihr, leicht amüsiert, dankbar war. »Kate, gib Sarah deinen Hut. An dir sieht er ohnehin scheußlich aus. Aber er hat den kleinen Schleier, der sich für sie schickt, ohne gerade wie ein Witwenschleier auszusehen. Probier erst mal Sarahs Hut auf, aber ich bin ganz sicher, daß . . . Ich habe da zwei Paar Extra-Handschuhe . . . zu dem Mantel passen vielleicht lange besser . . .«

In der Nacht vor dem Begräbnis schlief Kate bei ihr in der Wohnung – offensichtlich auf Harry Brendans Wunsch. Er hatte Sarah sehr entschieden erklärt: »Sie dürfen keinesfalls ganz allein hier schlafen.« Auf ihre empörte Ablehnung »Mir ist das aber lieber« sah er nur zum anderen Ende des Zimmers, wo Bess gerade stirnrunzelnd einen Brief schrieb, Hunter Drinks für alle mischte, während Kate neben Bess saß, mit dem Fuß wippte und ihr flüsternd zu dem Brief Ratschläge erteilte. »Daß Sie das jetzt meinen, glaube ich«, gab er zu. »Aber später ... Ich habe so etwas schon selber durchgemacht und weiß, wie es einem zumute ist.«

Er hatte recht gehabt. Denn erst später, als er gegangen war und Bess und Hunter in ihr Hotel zurückgekehrt waren und als dann Kate sagte: »Ich werde Ihnen jetzt ein Bad einlassen – nein, bleiben Sie ruhig sitzen«, brach die schreckliche Erkenntnis über sie herein, daß Charles nicht mehr lebte.

Im Badezimmer rauschte das Wasser, aber sonst war es in der Wohnung still. Niemand debattierte mehr über Blumen, es gab keine Telegramme, die abgehen mußten, keine, die ankamen, und keine Besucher mehr. Alles, was getan werden mußte, war getan. Der Augenblick war jetzt da, um sich klarzumachen, daß Charles um acht Uhr abends – wie schrecklich nüchtern das klang – nach Hause gekommen war, Sarah nicht daheim gefunden hatte, wahrscheinlich eine Zeitlang auf und ab gegangen war und dann ausführte, was er offenbar schon längst geplant hatte: zum Fenster in der Eßnische am Ende des Wohnzimmers zu gehen, es zu öffnen – vielleicht stand er dort kurze Zeit und überlegte, wie wohl die eisige, tödliche Leere ihn aufnehmen würde – und sich dann – es gab dafür kein anderes Wort – in diese Leere hinunterzustürzen.

Aber er hatte doch noch nach dem Vorhang greifen wollen. In dem lockeren Gewebe des blauen Vorhangs war ein Faden gerissen, und unter einem Fingernagel war ein solcher Faden gefunden worden. Aber so ein letztes Zugreifen sei nichts Außergewöhnliches, hatte einer der schwerfälligen, gutmütigen Polizisten Sarah erklärt.

Davon abgesehen, war alles eigentlich so pedantisch ordentlich gewesen, wie Charles es immer war. Der Liftboy erinnerte sich, daß Mr. Trafton beim Hinauffahren ein wenig anders als sonst ausgesehen hatte. In der Wohnung hatte er etwas getrunken; Flasche und Glas standen noch auf dem Bücherschrank, als die Polizei in die Wohnung kam, und die Routi-

neuntersuchung bewies, daß das Glas nichts als Whisky enthielt.
Jawohl, erklärte Sarah, ihr Gatte hätte Symptome seelischer Spannung gezeigt. Sein unmittelbarer Vorgesetzter im Verlag meinte, daß Charles »nervös« gewirkt hätte und daß er ihm schon öfters angeraten habe, auszuspannen oder sich untersuchen zu lassen. Der im gleichen Haus wohnende Arzt, der jetzt die ganze Sache nur rückblickend beurteilen konnte, drückte sich sehr vorsichtig aus und meinte, daß Mr. Trafton bei seinem einzigen Besuch keinen anormalen Grad an Nervosität gezeigt habe, daß es aber andererseits ganz gut möglich wäre . . . Er sei zwar kein Psychiater, habe aber schon ähnliche Fälle gehabt und daher . . .
Es gab keinen Abschiedsbrief. Aber im Laufe dieser langen Nacht fragte sich Sarah, was Charles ihr auch hätte sagen sollen.
Am nächsten Tag war alles sehr rasch vorbei. Die Beisetzung, für die so langwierige Vorbereitungen gemacht worden waren, wurde mit einer Hast erledigt, als gälte es, verlorene Arbeitszeit wieder einzubringen. Bess Gideons Worte klangen, als zitierte sie eine Rolle aus einem Theaterstück: »Sarah, komm doch mit zu uns, mein Herz. Oder ist es dazu vielleicht noch zu früh?« Aber sie verpatzte die Wirkung sogleich mit der Frage nach den langen Handschuhen, die niemand getragen hatte.
Kate Clemence sah schneeweiß und krank aus, was Sarah nicht verwunderte. Sie hatte vom ersten Augenblick an gewußt, daß Kate Charles liebte. Ratlos und offensichtlich nur bestrebt, so rasch wie möglich wegzukommen, griff Hunter Gideon plötzlich mit einer Zartheit, die sie erstaunte, nach Sarahs Hand. Er sah so grimmig aus wie gewöhnlich, aber dafür konnte er ja nichts. »Hör auf mich, Sarah, sieh zu, daß du sofort hier wegkommst. Geh in ein Hotel. Ganz gleich, wohin.«
Dann waren alle weg. Harry Brendan hatte sich nicht einmal die Mühe genommen, sich von ihr zu verabschieden. Sechs Wochen nach ihrer Heirat war Sarah Witwe geworden, kehrte jetzt zu der leeren Stille tickender Uhren und ihrer Verlassen-

heit zurück und fand Harry Brendan auf dem Sofa im Wohnzimmer sitzend, wo er in einer illustrierten Zeitschrift blätterte.

Natürlich hatte er Charles' Schlüssel gehabt. Sie erinnerte sich zwar nicht, ihm die Schlüssel gegeben zu haben, aber während der letzten Tage waren ihr eine Menge Dinge entfallen. Er stand sogleich auf und sagte rasch: »Wollen Sie einen anderen Hut aufsetzen, bevor wir zum Lunch gehen?«

»Aber ich – ich bin doch . . .«

»Was«, erkundigte sich Harry mit durchaus sachlichem Interesse, »was haben Sie eigentlich vorgehabt zum Lunch zu essen? Vielleicht die geschälte Zitrone? Oder ein paar Eiswürfel? Ich habe nämlich in Ihrem Eisschrank nachgesehen – Sie sind mir doch nicht böse – und das war das einzige, was dort vorhanden war.«

An diesem Tag und auch am Tag darauf nahm er alles mit Schwung und trotzdem auf eine ganz unpersönliche Art in die Hand und brachte Sarah damit über die ersten schrecklichen Stunden hinweg. Er war gerade das richtige für sie, und wenn er auch gar nicht versuchte, sie von der Wirklichkeit fernzuhalten – er fragte sie sogar geradeheraus nach Charles' Versicherung – so war er doch imstande, dieser Wirklichkeit die Härte zu nehmen. Als hätte man einen Krankenpfleger bekommen, dachte Sarah. Allerdings nur, bis die Besitzerin eines kleinen Restaurants in Greenwich Village ihnen mit einem verschmitzten Augenzwinkern einen Cordial auf Kosten des Hauses bringen ließ.

Eine peinliche Situation. Der Kellner lächelte, hob den Kopf und sah von Harry zu Sarah, und die Wirtin wartete strahlend im Hintergrund. Nach einer unmerklichen Pause hob Harry sein Glas: »Ich bin hier nämlich gut bekannt.«

Aber was bis jetzt so einfach und beruhigend gewesen war, wurde augenblicklich unerträglich. Harry begleitete Sarah zurück nach Hause. Beim Erzählen, daß er am nächsten Tag nach Boston fahren würde, sah er auf den verblaßten indischen Teppich in der Halle. Dann fragte er sie, ob er noch irgend etwas für sie tun könne oder irgend jemandem etwas ausrichten solle.

Sarah lehnte ab und dankte ihm für alles. Beide waren viel zu befangen, um einander auch nur die Hand zu reichen. Dann kam der Lift, und ihr letzter Blick auf Harry Brendan für nahezu drei Monate zeigte ihr sein ruhiges Gesicht, ohne Lächeln, und eine zum Gruß erhobene Hand.
Sie hatten zwar den größten Teil der letzten achtundvierzig Stunden zusammen verbracht, aber in diesen Stunden nicht ein einziges Mal, abgesehen von einem kurzen Achselzucken oder Kopfschütteln, die Frage berührt, was Charles eigentlich zum Selbstmord getrieben haben könnte. Harry schien darauf zu warten, daß Sarah davon anfangen würde, aber für sie wäre es bitter demütigend gewesen, zu versuchen, von Charles' Freund zu erfahren, was für eine Bürde es war, die Charles lieber mit sich ins Grab genommen hatte, als sie mit seiner Frau zu teilen. Vielleicht würde sie später dazu imstande sein, aber jetzt nicht.
Aber daran denken mußte sie – tagelang, nächtelang.
Sie behielt die Wohnung, aber nur, weil sie nicht wußte, was sie sonst hätte tun sollen. Irgend jemand, vielleicht Bess Gideon, hatte Charles' Sachen taktvoll weggeräumt, und Sarah war seltsam erleichtert, daß eine gerahmte Amateurfotografie, die auf ihrem Toilettentisch gestanden hatte, verschwunden war, denn sie selbst hätte sie nicht wegräumen können. Könnte Kate Clemence das getan haben? Sarah schlug sich den Gedanken sofort aus dem Kopf, und auch die plötzlich auftauchende, gänzlich neue Erkenntnis, daß Kate sie eigentlich hassen müßte und daß es sehr schwer für sie gewesen sein mußte, ihr während dieser schweren Stunden beizustehen.
In ihrer Verzweiflung fing sie nach ein oder zwei Wochen wieder an zu arbeiten. Allerdings nicht bei der Werbeagentur. Obgleich sie dort wieder ihre alte Stellung bekommen hätte, scheute sie sich vor neugierigen Fragen. Im Unterbewußtsein aber hatte sie vor etwas anderem Angst: vor dem Getuschel über sie als die eben verwitwete Gattin eines Selbstmörders, vor den unwillkürlich hochgezogenen Brauen, den leichthin und grausam vorgebrachten Mutmaßungen. Von Zeit zu Zeit hatte sie, um etwas dazuzuverdienen, privat Anzeigentexte für ein Wäschehaus geschrieben, und der einzige hier not-

wendige Kontakt waren Telefonanrufe und Briefe, die mit der Post oder durch Boten ankamen und versandt wurden. Die Firma war begeistert, daß sie sich wieder gemeldet hatte und schickte ihr sofort eine Anzahl luxuriöser Wäschestücke, über die sie sich sogleich enthusiastisch äußern sollte.
Wenn auch diese Arbeit sie nicht aus der Wohnung brachte, wirkte sie doch wie ein schützender Nebel, der ihr Grübeln überdeckte. Anstatt immer wieder in Charles' bittende Augen starren zu müssen, hatte sie sich jetzt in Seidenrosetten, Spitzenvolants und in geschickt angebrachte elastische Einsätze zu versenken, die theoretisch aus einer alten Frau eine schlanke Sylphide machten.
Charles' Testament machte sie zur Besitzerin der Fasanenzucht. Sarah hatte nicht einmal gewußt, daß die Farm ihm gehörte. Wahrscheinlich hatte sein Vater sie Charles' Stiefmutter hinterlassen, und nach ihrem Tod war der Besitz auf ihn übergegangen. Angesichts der Menschen, die dort lebten – Bess, Hunter, Evelyn und Milo, denen die Farm ihr Leben bedeutete – erschien ihr diese Verfügung peinlich und unfair. Auf Bess Gideons langes und formelles Schreiben, in dem sie den Ankauf der Farm vorschlug, antwortete Sarah kurz und unbeholfen, daß sie keine Ahnung gehabt hätte, daß die Farm ihr zufallen würde, daß sie nicht wüßte, was sie mit den Fasanen und den Zwerghühnern anfangen sollte, und ob die Sache nicht, wenigstens vorläufig, beim alten bleiben könnte. Auf keinen Fall, schrieb Bess Gideon etwas feindselig zurück. Keiner von ihnen hätte den Wunsch, von Sarahs großzügigem Angebot Gebrauch zu machen. Wenn sie ihnen einen Preis nennen könnte, würden sie ihr möglichstes tun, um die Summe aufzubringen. Falls ihr eigenes Kapital nicht ausreichen sollte, wäre Kate interessiert, sich an der Farm zu beteiligen.
Also Kate Clemence. Das war nur gerecht und gehörte sich. Kate kannte sie alle ja seit Jahren. *Sie* würde genau wissen, was sie mit den Fasanen und Hühnern anzufangen hätte. Sarah riß das Inserat über ein Nachthemd energisch aus der Schreibmaschine und antwortete kurz und bündig, daß sie nicht bereit sei zu verkaufen.

Und scheinbar blieb es auch dabei. Bess schrieb nicht wieder. Irgendwie folgte ein Tag dem anderen, und eines stand fest: daß kaum jemand vorher sich mit so leidenschaftlichem Eifer für die Werbung für »Zauberform« eingesetzt hatte.
Aber abends war der Weg durch die Eßnische zur Küche unvermeidlich. An diesem Ende des Raums ging allabendlich bei Einbruch der Dunkelheit eine Veränderung vor sich, obwohl Sarah einen neuen Vorhangstoff aus rauhem, rotem Segeltuch für das Fenster gekauft hatte, den Charles nie gesehen hatte und der keine Spur seines letzten Zugriffs zeigte. Aber der Blick aus dem Fenster war der gleiche geblieben: die hohen Fenster gegenüber, die verschobene und verkürzte Sicht auf die Wohnungen unter ihr, auf die Hüte, unter denen Schuhe ausschritten, wenn Leute unten auf dem Gehweg vorbeigingen.
Eines Nachts blieb Sarah vor dem Fenster stehen und preßte die Stirn gegen die kalte Scheibe. Aber sie traute sich nicht, das Fenster zu öffnen, sich noch tiefer in Charles' letzte Gedanken zu versetzen. Der erste Schmerz war längst vorbei. An seine Stelle waren Mitleid und das unablässige Fragen getreten: Wieso konnte er . . .? Warum mußte er nur . . .?
Sie empfand die Ungewißheit als etwas Schreckliches, aber zutiefst und uneingestanden war in ihr das Bewußtsein, daß die Wahrheit unerträglich sein würde. Denn vielleicht hätte ein einziges verständnisvolles Wort, ein Blick oder eine Aussprache Charles von diesem Todessprung zurückgehalten. Oder wenn sie die Kraft gehabt hätte, ihm vorzumachen, daß dieses schreckliche Stöhnen sie nicht geweckt und gequält hatte, daß es nur etwas Vorübergehendes und daher ganz belanglos war – hätte Charles dann nicht vielleicht auch die Ursache seiner Qualen vergessen können?
Erst Anfang Januar wurde ihr die ganze Ironie dieser Auffassung klar.

4

Am Telefon ertönte eine weibliche Stimme. Noch ehe Sarah die betonte Frage: »Mrs. Charles Trafton?« und dann undeutlich: »Sie sind mit Mrs. Trafton verbunden«, gehört hatte, erkannte sie den geschäftsmäßigen Ton einer Telefonistin. Wie sich herausstellte, handelte es sich um den Anruf eines Dr. Jonas Vollmer, eines Psychiaters, den Charles dreimal konsultiert hatte.

Sie sagte zögernd: »Ich habe nicht gewußt, daß mein Mann einen Psychiater aufgesucht hat. Sind Sie auch sicher, daß Sie die richtige . , .?«

Seine Stimme klang dann auch etwas überrascht: »Sarah Trafton, geborene – ja, hier hab ich's ja – Fitzpatrick? Am 19. Oktober vergangenen Jahres mit Charles Andrew Trafton verheiratet? Sein erster Besuch war – einen Augenblick mal – im vergangenen November am . . .«

Dieses Datum und auch die beiden anderen Daten kamen Sarah in ihrem ungläubigen Staunen abhanden, daß Charles, den sie so gedrängt hatte, einen Psychiater aufzusuchen, das auch wirklich getan hatte, ohne ihr davon zu erzählen. Vielleicht wollte er ihr erst Ergebnisse berichten; und drei Besuche waren kaum ausreichend. Oder handelte es sich um eine Rechnung, die in dem Durcheinander übersehen worden war?

Mechanisch und bemüht, ihre Fassung wiederzuerlangen, sagte sie dann: »Ja. Ich weiß aber nicht, ob Ihnen bekannt ist, daß mein Mann . . .«

Es fiel ihr schwer, hier die richtigen Worte zu finden, aber er kam ihr geschickt zuvor. »Ja, Mrs. Trafton. Traurige Sache. Eine sehr . . .«, sie hörte Papier rascheln, »eine sehr unüberlegte Handlung, muß ich sagen. Ich hörte erst nach meiner Rückkehr von einer längeren Reise ins Ausland von dieser Entwicklung der Dinge, und in Anbetracht der mir von Mr. Trafton gemachten Angaben bin ich einfach entsetzt.«

Dann kam eine bedeutungsvolle Pause. Sarah überdachte das Wort »Entwicklung« mit einigem Erstaunen. Denn selbst für einen Psychiater mußte das, was sich ereignet hatte, mehr als eine bloße »Entwicklung« sein. Dann sagte Dr. Vollmer: »Ich

habe das Gefühl, daß Sie sich vielleicht gerne mit mir aussprechen wollen.«
»Gewiß, Herr Doktor. Wann?«
Er erklärte ihr, daß er nur einige Häuserblocks weiter nördlich wohne, und wenn sie um sechs Uhr ein paar Minuten Zeit hätte, würde er sie aufsuchen. Sarah legte auf. War es denn die Gewohnheit von Psychiatern, solche Besuche abzustatten, die Hinterbliebenen – wenn das das richtige Wort war – aufzusuchen?
Nervös und erregt machte sie jetzt rasch in der Wohnung Ordnung. Sicher würde er eine tiefere Bedeutung darin entdecken, daß sie nach dem Tode ihres Mannes Inserate für Damenwäsche verfaßte. Sie deckte also ihre Schreibmaschine zu, schob den Ausziehtisch zusammen und stellte ihn in eine Ecke.
Innerhalb von ein paar Augenblicken, bei seinen ersten Worten – »Mrs. Trafton? Guten Abend« – und ihrer Antwort – »Es ist sehr nett von Ihnen, Herr Doktor, mich zu besuchen« – waren sie sich beide gleichzeitig ihrer tiefen Abneigung bewußt. Sarahs Antipathie war zum Teil ungerechterweise auf seine äußere Erscheinung zurückzuführen: sein eckiges Gesicht, tiefblaß, der Mund mit den vollen Lippen. Dazu noch der kritische, übelgelaunte Ausdruck, mit dem er erst sie und dann, nach einer langsamen, einstudierten Kopfwendung, die Wohnung musterte.
Vielleicht war ihm ihr Gesicht auch unsympathisch, oder hatte er nur ein Vorurteil gegen sie? Das Vorurteil, das Hundezüchter gegen Kinder und Kinderspezialisten gegen Eltern haben? Daß ein Psychiater der Witwe seines Patienten nicht gerade Freundschaft entgegenbrachte, war wohl kaum zu vermeiden. Wenn es nur dabei geblieben wäre! Aber nach ein paar einleitenden Phrasen machte Dr. Vollmer Sarah die Ursache des Alpdrucks klar, an dem Charles gelitten hatte.
Charles hatte sich vor ihr gefürchtet, hatte tatsächlich physische Angst vor ihr gehabt. In seinem sich immer wiederholenden Traum befand er sich auf einer Anhöhe, und Sarah, die hinter ihm stand, warf ihm ein Tuch, das ihn erstickte, über den Kopf und begann ihn gegen den Abgrund zu stoßen.

Blind vor Aufregung, wie ihr das in solchen Augenblicken der Verwirrung manchmal passierte, hatte Sarah eine Filterzigarette am falschen Ende angezündet und den scharfen Rauch mit einem tiefen Zug eingeatmet, was von Vollmer mit klinischer Aufmerksamkeit beobachtet wurde.
Als sie wieder imstande war zu reden, sagte sie so ruhig wie möglich: »Es tut mir sehr leid, aber ich verstehe überhaupt nichts . . . Vielleicht ist das jetzt nicht der richtige Augenblick, aber ich muß Ihnen trotzdem sagen, daß ich meinen Mann geliebt habe. Der Ordnung halber möchte ich noch hinzufügen« – sie wußte zwar genau, daß sie jetzt einen Fehler beging, aber Fassungslosigkeit, Schmerz und die gesteigerte Wut über Vollmers ruhiges Gesicht trieben sie zum Weiterreden – »daß ich auch meinen Vater geliebt habe. Und zwar nicht mit einer ungesunden Liebe – falls es das noch gibt. Aber deshalb habe ich immerhin im allgemeinen keinen Impuls, Erwachsene in den Abgrund zu stürzen. Oder wollten Sie mir sagen, daß mein Mann geisteskrank war?«
Sie wußte sofort, daß sie ihm in die Falle gegangen war. Vollmer sagte mit sichtbarer Befriedigung: »Geisteskrankheit ist eine Bezeichnung, die wir heute . . .« Aber etwas in Sarah sträubte sich, ihm zuzuhören. Vor Erregung klopfte ihr Herz so heftig, daß sie meinte, es müßte zu sehen sein. Dann nahm sie sich zusammen und hörte die pedantische Stimme ». . . hat seinen Grund. Möglicherweise irgend etwas, das sich in seiner Kindheit zugetragen hat und das er dann im Unterbewußtsein mit Ihnen verknüpfte. Vielleicht ein paar Worte, die jemand gesagt hat, oder eine Bemerkung von Ihnen, die damals . . .«
Plötzlich wußte Sarah alles.
Trotzdem mußte sie noch eine endlose Litanei über sich ergehen lassen, ehe es ihr gelang, ihn zum Aufstehen und nach und nach zur Tür zu bringen: über Charles' Beziehung zu seiner Stiefmutter – eine Sache, in die sich ein Psychoanalytiker ernstlich verbeißen konnte – über seine Sorge um die schönen und nutzlosen Fasanen, seine Erschütterung über den Tod der Krankenschwester. »Vielleicht haben wir hier etwas ganz Interessantes«, bemerkte Vollmer nachdenklich,

»nämlich die Unfähigkeit der Krankenschwester – Sie verstehen mich doch? – das Leben seiner Stiefmutter zu retten. Damit kommen wir zu dem Gefühl der Verbitterung und sogar der Rachsucht, das Mr. Trafton empfunden haben muß. Ihr Tod, der darauf folgte, und zwar durch die Hand irgendeines . . .«
Dann sah er Sarahs Gesicht. In sich zurückgezogen, seinen Worten gegenüber taub. Und er fuhr fort: »Vielleicht wird es Sie interessieren, weshalb mir daran gelegen war, mit Ihnen in Verbindung zu treten, Mrs. Trafton. Ich hielt das nur für fair, denn es war natürlich meine Pflicht, als ich von dem traurigen Ereignis hörte, die Polizei davon zu verständigen, daß Mr. Trafton mein Patient war.«
Aber warum denn nur? dachte Sarah, jetzt wieder klar und besonnen, und sagte: »Selbstverständlich. Das war sehr rücksichtsvoll von Ihnen, Herr Doktor.«
Jetzt waren sie Feinde.
»Ich dachte mir nämlich, daß es besser für Sie ist, wenn Sie auf alles – vorbereitet sind«, meinte Vollmer.
Nachdem er gegangen war, beschäftigten sich Sarahs Gedanken nur mehr kurz mit ihm. Kein Berufszweig kann für jedes seiner Mitglieder garantieren. Es gab schlechte Zahnärzte, gleichgültige Ärzte und skrupellose Anwälte. Sie mußte annehmen, daß ihr Besucher ein Mensch war, der in die Äußerlichkeiten seines Berufes so verrannt war, daß er seine wahre Aufgabe aus den Augen verloren hatte.
Vollmer selbst war unwichtig, genauso unwichtig wie jetzt ihr Wunsch nach einem Drink oder die Tatsache, daß sie eigentlich etwas essen sollte. Denn wichtig war nur das erstaunliche Erlebnis, an das sie sich plötzlich erinnert hatte.
Die Geschichte hatte sich während des letzten Wochenendes vor ihrer Heirat auf der Farm abgespielt. Eine von Evelyns Freundinnen war samt ihren fünf Kindern zu Besuch erschienen, die gleich etwas zu essen verlangten, sich dann zwischen den Türen verprügelten, Milos Dohle neckten, erst den Rasen und dann die Fasanen besichtigten, eine ganze Wolke Fliegen ins Haus ließen und schließlich energisch nach Hause verlangten. Aber ihre Mutter blieb wie ein etwas außer Fasson

geratener Felsblock fest in der Küche sitzen. Charles und Sarah hatten sich diskret aus dem Staub gemacht.
Der Nachmittag war grau und windig gewesen. Es war zwar erst Ende September, aber ein paar kalte Nächte hatten schon die riesige Hickoryeiche mitten im Feld vergoldet, vor der sie stehenblieben, um sich Zigaretten anzuzünden. Sarah wußte, daß die Nerzfarm irgendwo rechts auf einer Anhöhe lag, und weil sie nicht gleich wieder ins Haus wollte, wies sie mit dem Kopf nach links, zu einer anderen Anhöhe hinter den Bäumen. »Wo geht's denn da hin?«
Charles lächelte. »Wir haben den Hügel immer unseren Felsenberg genannt, dann ist er allmählich zu einem Felsen zusammengeschrumpft, und jetzt ist er wahrscheinlich wieder nur ein Hügel. Gehen wir hinauf?«
Als sie den Baumgürtel verlassen hatten, trieb ein scharfer Wind sie vorwärts, der Sarah das Haar ins Gesicht und über die Augen wehte. Charles ging ihr auf dem moosbewachsenen, steinigen Hang voran und hielt einen Stock in Bereitschaft, denn er erinnerte sich daran, daß er hier einmal fast in ein Schlangennest getreten war. Sarah griff in die Tasche nach ihrem Schal, den sie beim Gehen über den Kopf binden wollte. Aber als Charles sich umdrehte und ihr etwas zurief, riß ihr der Wind das Seidentuch aus der Hand und blies es ihm flach über das Gesicht.
Er beugte den Kopf instinktiv rasch nach hinten, und diese plötzliche Bewegung brachte ihn aus dem Gleichgewicht. Von den Haaren im Gesicht behindert, lief Sarah auf ihn zu und ergriff seinen Arm so energisch, daß beide stolperten.
Also nichts als ein unerwarteter Windstoß und ein Augenblick, in dem beide das Gleichgewicht verloren hatten. Charles lachte und erkundigte sich, ob sie geglaubt habe, daß hier der berühmte »Todesfels der armen Liebenden« sei. Sarah strich sich das Haar zurück und schaute, noch etwas zittrig, in den Abgrund hinunter. Der Felsen mit seiner etwa acht Meter hohen, mit Gestrüpp bewachsenen Steilwand, an deren Fuß, nach den Steinbrocken zu schließen, ein trockenes Bachbett verlief, war immerhin ganz imponierend.
Zwar nicht lebensgefährlich für jemanden, der versehentlich

abstürzte, aber wenn einer hier mit einem kräftigen Stoß hinuntergestoßen würde, ohne sich an den Büschen festhalten zu können ...

Nach einer Weile – ihr eigenes Wohnzimmer erschien ihr so ungewohnt, als sei sie von einer langen Fahrt zurückgekehrt – ging Sarah in die Küche, öffnete den Eisschrank und besah sich ganz erstaunt die Lammkoteletts, die sie, wie gewöhnlich, vergessen hatte aufzutauen. Sie hatte sich zwar Mühe gegeben, nicht nur Konserven zu essen wie die meisten Frauen, die plötzlich auf sich gestellt sind, aber oft blieb ihr nichts anderes übrig. Für diesen Abend gab es nur noch zwei Eier und ein Stück Cheddar-Käse. Sie rieb den Käse für ein Omelett, und während die Pfanne heiß wurde, mischte sie sich einen Drink.

Die Vergangenheit ließ sich nicht so leicht verdrängen. Von jenem grauen Nachmittag tauchten immer wieder neue schleierhafte Erinnerungen auf. Wie Evelyn ihnen auf der Wiese entgegengelaufen kam und ihnen mit ärgerlich gerötetem Gesicht ganz verzweifelt zurief: »Sarah, dieses schreckliche Kind behauptet, daß du noch sein Armband hast.« Charles war erstaunt: »Soll das heißen, daß sie immer noch da sind?« »Sie sitzen schon im Wagen und sind gerade am Abfahren«, rief Evelyn atemlos und lief davon.

Die Fasanen waren nach der ungewohnten Invasion, dem Getrampel und Gekicher, als die neugierigen Kinder Stöcke durchs Gitter in die Käfige gebohrt hatten, ganz aufgeregt. Ein paar hatten sich unter Fichtenzweigen versteckt, und andere, die Köpfe wachsam erhoben, trippelten unruhig auf und ab. Ein Silberhahn mit kerzengerade aufgestelltem schwarzem Kamm über seinem arroganten Gesicht, das aussah, als wäre es aus rotem Filz ausgeschnitten, gab laute, wütende Töne von sich, während Bess Gideon ihn mit Tomatenstückchen zu beruhigen suchte.

Als sie ins Haus kamen, versuchte Milo gerade vergeblich, seine deprimierte Dohle wieder aufzuheitern.

Sarah war im stillen erleichtert, daß Hunter nicht zum Essen da war. Denn sie erwartete immer, von Hunter plötzlich im Kasernenhofton angebellt zu werden. Später machten Charles und sie eine Spazierfahrt im Auto und tranken etwas in einer Wirtschaft. Charles hatte sie angelächelt: »Um diese Zeit, nächste Woche . . .«

Was immer er sich auch vielleicht nachher gedacht hatte, wie verdreht seine späteren Vorstellungen auch gewesen sein mochten – an dem Nachmittag hatte er Sarah gewiß nicht verdächtigt, daß sie ihn in den Abgrund stoßen wollte, und hatte den Vorfall vergessen. Davon war Sarah vollkommen überzeugt. Erst nach ihrer Heirat mußte irgend etwas ihm den Vorfall – allerdings völlig verkehrt – wieder ins Gedächtnis zurückgerufen haben.

Aber vielleicht gab es etwas, das so sehr von ihm Besitz genommen hatte, daß es sein Denken verwirrte, ihn dazu trieb, blindlings nach einem Sündenbock zu suchen.

Wie schrecklich war die Vorstellung, daß sie mit Charles gelebt hatte, ohne zu ahnen, was in ihm vorging. Wie schrecklich der Gedanke, daß sie ihm die Hand – ihre Hand – auf die Schulter gelegt hatte und ihn aus dem Alptraum geweckt hatte.

War ihr Schal blau gewesen? Sicher.

Blau, wie der Faden unter Charles' Fingernagel.

Sarah wurde übel. Sie zwang sich, ein kleines Stück des Omeletts zu essen. Mit dem Kaffee ging sie dann ins Wohnzimmer und nahm das Buch wieder auf, das sie dort hingelegt hatte. Sie haßte diesen Dr. Vollmer, weil er sie so weit gebracht hatte, und empfand sogar beinahe Haß gegen Charles. Gegen den Fremden, dem sie sich so rückhaltlos anvertraut hatte.

Am nächsten Morgen machte Lieutenant Welk ihr einen Besuch. Er erschien rücksichtsvoll in Zivil.

5

Sarah erinnerte sich an ihn von der Nacht her, deren Erinnerung sonst völlig ausgelöscht war, der Nacht, in der Charles starb. Ein untersetzter, aber agiler Mann mit den wachsamsten Augen, die sie je gesehen hatte. Schon bei seinen ersten,

beruhigend klingenden Worten – »Also, Mrs. Trafton« – schweifte sein Blick forschend über die Decke, streifte interessiert die wenigen Bilder an den Wänden, den Schnitt ihres Kostüms und die Buchtitel im Bücherschrank neben ihm.
Was hatte Vollmer doch gesagt, ehe er ging? »Ich dachte mir nämlich, daß es besser für Sie ist, wenn Sie auf alles vorbereitet sind.«
Sarah hatte nur wenig geschlafen, man konnte ihr das ansehen. Sie begrüßte Lieutenant Welk mit Angst. Da ihre eigene Tasse Kaffee so sichtbar auf dem Tisch vor dem Sofa stand, bot sie ihm Kaffee an. Lieutenant Welk unterbrach seine eingehende Betrachtung ihrer Narzissenschößlinge und nahm dankend an. Sie war gerade auf dem Weg in die Küche, als das Telefon klingelte.
Es war sehr bedauerlich, daß dieser Anruf auch noch von Mr. Eigel von der Firma »Zauberform« kommen mußte, der dringendst den Text für ein Inserat brauchte und darauf bestand, daß sie ihm seine Angaben über einen Strumpfgürtel deutlichst wiederholte. Sarah versuchte erst ausweichend zu antworten, gab es auf und fragte sich, was der Lieutenant von alledem denken würde. Als sie den Kopf wandte, sah sie, daß er einen alten Jagdstich intensiv studierte.
Dann konnte sie endlich auflegen und Lieutenant Welk, jetzt mit Kaffee versorgt, riß sich von Sarahs Buch los, das er inzwischen aufgenommen und zu lesen begonnen hatte, und erzählte ihr sehr ruhig, daß ein gewisser Dr. Vollmer, der Nervenarzt ihres Mannes, zur Polizei gekommen sei.
Sarah schwieg.
»Ganz interessant«, fuhr der Lieutenant fort, »und in gewissem Sinne auch befriedigend. Natürlich von unserem Standpunkt aus.« Er sah sie entschuldigend von der Seite an, stand auf und fing wieder an, sich in das Jagdbild zu vertiefen. »Wenn ein Mann wie Mr. Trafton – gesund, in einer guten Stellung, mit einem hübschen Einkommen und jung verheiratet – Selbstmord begeht, müssen wir eine momentane Geistesstörung annehmen. Nämlich auf Grund Ihrer eigenen Zeugenaussage, der des Arztes und seiner Kollegen. Es sieht besser aus.«

Was hatte er gesagt? Daß Charles' Geistesgestörtheit gar nicht momentan gewesen sei? Oder daß die Überzeugung, daß die eigene Frau ihn umbringen wollte, jeden Mann zur momentanen Geistesgestörtheit bringen mußte?
Sarah entgegnete gefaßt: »Für mich ist das alles ganz unerwartet gekommen. Ich hatte meinen Mann gedrängt, einen Psychiater aufzusuchen, aber er hat mir nie erzählt, daß er es getan hat.«
»Wie geht es Ihnen denn jetzt, Mrs. Trafton? Haben sich die Dinge jetzt beruhigt?«
Das Gürtel-Inserat! »Ich arbeite jetzt wieder ein wenig. Inseratentexte. Manchmal hilft das.«
»Tja, es braucht Zeit, bis man einen solchen Schock überwindet. So vom Kino nach Hause zu kommen und zu sehen, daß –« Welk verstummte und schüttelte nur mitfühlend den Kopf, und Sarah hätte über die so offensichtliche Falle beinahe laut gelacht.
»Nicht vom Kino, Mr. Welk, von einem Spaziergang.«
»Ach so? Also von einem Spaziergang?« Er war unbeirrbar interessiert. »Und ich habe immer gemeint, daß Polizisten die einzigen Leute in New York sind, die jetzt noch spazierengehen.« Bei dieser komischen Feststellung mußten beide lächeln. »Na also, recht herzlichen Dank, Mrs. Trafton.«
»Ich danke Ihnen, Mr. Welk.«

Sarah fing nicht sogleich an, sich die Bedeutung von Welks Besuch klarzumachen. Sie schenkte sich eine vierte Tasse Kaffee ein, eine mehr, als sie sich sonst gestattete, und machte sich dann entschlossen an den Anzeigentext.
Also sie war das Fragezeichen, das der Polizei in Verbindung mit Charles' Tod Kopfzerbrechen machte. War das von Anfang an so gewesen?
Sarah rieb sich die Augen, und als sie sie wieder öffnete, hatte sie das Gefühl, daß alles – wenn auch nur für den Augenblick – weggewischt war.
Um eins war sie mit dem Anzeigentext fertig und hatte einen Boten bestellt.
Nachdem der Bote abgefertigt war, ging Sarah aus. Offenbar

in der Absicht, irgendwo zu Mittag zu essen, aber in Wirklichkeit, um dem Gefühl des Eingeschlossenseins zu entgehen, Auf der Fifth Avenue schlug sie die nördliche Richtung ein, blieb vor Schaufenstern stehen, nahm Eindrücke und Stimmungen in sich auf und fühlte sich dabei verloren. Während sie an der Ecke der 39. Avenue an einer Ampel stehenblieb, traf sie Jess Bertram.

Jess war die Leiterin einer Abteilung in der Werbeagentur und sah auch so aus. Ihr Gang zeigte zwar Eleganz, aber gleichzeitig sprungbereite Gehetztheit. Ihr dunkles Haar, fehlerlos frisiert und gleichmäßig gezackt wie ein Löwenzahnblatt, war unbedeckt – etwas, das man sich nur in einem eleganten Pelzmantel erlauben konnte. Sie trug Elfenbeinohrringe und dazu weiße Seidenhandschuhe. Ihre Aufmachung ergab eine so auffallende Schwarzweißwirkung, daß sie Sarah an ein betont feminines Stinktier erinnerte.

Die Beziehung zwischen ihnen hatte die geheuchelte Vertraulichkeit zwischen Frauen, die einander lediglich vom Konferenzzimmer oder zufälligen Begegnungen im Lift kennen. »Na also, Liebe«, Jess sah sie mit einem zärtlichen Blick an, der sich aber sofort von ihr abwandte und die Straße nach irgend jemandem in der Ferne absuchte. »Wie geht's der jungen Ehefrau? Sie sehen wirklich absolut wunderbar . . .« Der Rest des Satzes wurde weise verschluckt. »Wir vermissen Sie schrecklich. Für ›Hochglanz‹ haben sie jetzt irgendein Geschöpf aus der Werbefachschule ausgegraben, ein Frauenzimmer, das von so grauenhaftem Ernst besessen ist, daß wir alle bald wieder mit der Diät für unsere Magengeschwüre anfangen müssen.«

Nach gründlichem Absuchen der Straßenecke gegenüber betrachtete sie Sarah wieder neugierig. Für Sarah war der gefürchtete Augenblick gekommen. Der Sprung mußte sofort gewagt werden. »Leider habe ich bisher noch nicht die Zeit gehabt, es jemandem zu erzählen, Jess. Charles lebt nicht mehr – er ist im Dezember gestorben.«

Aber jetzt hatte die Ampel endlich auf Grün gewechselt, und ihre Worte gingen im Lärm der anfahrenden Autos verloren. »Er sieht einfach unglaublich gut aus«, erklärte Jess Bertram und sah Sarah mit Respekt an. »Ich habe euch beide unlängst in einem neuen Restaurant in Greenwich Village gesehen, aber ihr wart so ineinander versunken, daß ich nicht –« Jetzt sah sie das Gesicht, nach dem sie die ganze Zeit Ausschau gehalten hatte, rief laut über die Straße und war mit einem hastigen »Lassen Sie sich's gut gehen, Liebling« verschwunden.

Sarah ging wie betäubt weiter. Menschen wie Jess Bertram hatten niemals Zeit, anderen zuzuhören und die Erklärung in sich aufzunehmen, daß das nicht Sarahs Mann, sondern sein bester Freund gewesen war und daß sie Charles' Lebensversicherung besprochen hatten. Aber das hatte vielleicht sein Gutes. Denn obgleich sie genau wußte, um was es sich damals gehandelt hatte – ihrerseits um die Flucht vor dem Alleinsein und bei Harry Brendan um einen Samariterdienst – war sie nun über sich selbst entsetzt.

Sie war bald nach zwei Uhr wieder zu Hause und traf die Frau des Hausmeisters in der Eingangshalle. »Was hat er denn gesagt?« erkundigte sich Mrs. Carminio ängstlich. Nach einigem verständnislosen Hin- und Herfragen klärte sich das Ganze auf.

Mrs. Carminios erfahrener Blick hatte Lieutenant Welks Zivilkleidung rasch durchschaut, und sie hatte gemeint, es sei »einer von ganz oben«, der die Angaben des Polizisten nachprüfen wollte, der am Tag vorher erschienen war, nachdem sie den Einbruch im Kellergeschoß zur Anzeige gebracht hatte. »Jedenfalls den Versuch, im Keller einzubrechen«, ergänzte Mrs. Carminio giftig. »Das ist der einzige Abend, an dem Mr. Carminio – ich meine, an dem er ausgeht. Aber er hat einen leichten Grippeanfall gehabt und ist früher als sonst nach Hause gekommen und hat sie sofort gehört. Der hat nämlich Ohren wie ein Luchs. Wie er unten ankam, da waren sie schon ausgerissen. Aber so was hat nicht zu passieren, jedenfalls nicht in diesem Haus.«

Dann war Sarah in den Lift gegangen. Die Vorstellung, daß Mr. Carminio in seiner Freizeit andere Gebäude verwaltete und gegen Einbrüche dort nichts einzuwenden hatte, war verwirrend. Sicher eine schwierige Entscheidung, dachte sie. Dabei erinnerte sie sich, daß sie sich wegen Charles' persönlichem Eigentum bald selber zu entscheiden hatte. Sie gebrauchte diese allgemeine Bezeichnung auch sich selbst gegenüber, weil sie vor einer genaueren Beschreibung zurückschreckte. Aber wie wird das denn gemacht? Schenkte man solche Dinge dem Hausmeister? Oder ruft man irgendeine Wohltätigkeitsorganisation an?

Mit solchen Erwägungen ging sie also zum Wandschrank im Schlafzimmer, holte Charles' Aktentasche hervor und öffnete sie. Auf dem Innenleder waren die Buchstaben C. T. in kleinen Goldlettern eingestanzt. Das Büro hatte die Mappe an sie zurückgeschickt. Sie enthielt jetzt seinen Briefwechsel mit verschiedenen Autoren und außerdem das hübsche Notizbuch für seine Verabredungen, das Sarah ihm geschenkt hatte. Sie mußte sich mit Gewalt zusammennehmen, ehe sie das Buch öffnete – eine Anstrengung, die sich aber als gänzlich unnötig erwies. Wenn sie auch hie und da Charles ersucht hatte, ihr auf dem Heimweg etwas mitzubringen, etwa eine Flasche Magenbitter, oder einen Brief für sie aufzugeben, oder ihn um irgendeine sonstige Gefälligkeit gebeten hatte, enthielt das Buch nicht den geringsten Hinweis auf solche Aufträge, sondern nur seine Verabredungen und darauf bezügliche Anmerkungen.

Sie las: »Fotos von Herzog! Mit Katzen? Williamson. Mittagessen Mrs. Armstead, neue Biogr. Besprechung mit Hennick.« Sie fand eine Reihe Anmerkungen über Hollister, einen Autor mit wirklicher Begabung, die ihm Rekordauflagen einbrachte. An der Werbung für sein Buch hatte Charles während dieser letzten Woche so hart bis in die späte Nacht gearbeitet. Oder genauer, während des größten Teils dieser letzten Woche, denn an dem Tag, an dem er ihr erzählt hatte, daß er Hollister in Chikago aufsuchen wollte, war er statt dessen zum Psychiater gegangen.

Aber alles das führte ja zu nichts, ließ nur die totgeglaubte ohnmächtige Bitterkeit wieder aufleben. Ruhig, als sähe ihr jemand zu, wendete Sarah wieder eine Seite des Buches um und las: »Mittagessen H.« Aber war das H nicht vielleicht ein

rasch gekritzeltes K?
Harry Brendan? Hunter Gideon? Kate Clemence? Bis jetzt war es noch nicht vorgekommen, daß er nur einen Anfangsbuchstaben niederschrieb, und alle sonstigen Namen hatten Bezug auf geschäftliche Angelegenheiten und waren deutlich ausgeschrieben. Sarah bekam Herzklopfen, denn diese Eintragung stammte vom Tage seines Todes.
Gewiß täuschte sie sich. Die Buchstaben konnten sich nicht auf diese Menschen beziehen, von denen keiner erwähnt hatte, daß er oder sie mit Charles ein paar Stunden vor seinem Tod zusammen war. Die Bemerkung »Aber ich habe ihn doch an diesem Tage noch zum Mittagessen getroffen« wäre selbstverständlich gewesen.
Also vielleicht jemand aus dem Büro, mit dem Charles so häufig mittags zusammentraf, daß ein Anfangsbuchstabe hier genügte. Harold, Henry, Karl – oder vielleicht ein Familienname?
Darunter standen drei weitere Namen, oder jedenfalls zwei, denn einer war ausgestrichen. Erst Reeves, dann der dick ausgestrichene Name und dann Elliot.
Reeves? Elliot? Sie versuchte sich zu erinnern, gab es dann aber auf. Ganz grundlos dachte sie auf einmal an die Frau, die bei der Nerzfarm ermordet worden war. Aber die hatte ja Braceway geheißen, und der sie umgebracht hatte, hieß Peck. Elliot konnte auch ein Vorname sein. Aber Reeves? Und wessen Name war ausgestrichen worden?
Warum saß sie eigentlich wie gebannt da und zerbrach sich den Kopf, obwohl die Polizei bei ihrer routinemäßigen Untersuchung auf diese Seite gestoßen war? Gewiß, denn sie wollten doch über Charles' Geisteszustand an diesem bestimmten Tag Näheres erfahren und auch, ob sich während dieser letzten Stunden seines Lebens irgend etwas Ungewöhnliches ereignet hatte.
Jedenfalls . . . es war noch nicht halb vier. Als sie zum Telefon ging, wußte Sarah ganz genau, was sie vorhatte: sie wollte sich selbst gegenüber etwas beweisen. Den Beweis dafür finden, daß die Sache, mit der Charles nicht fertig werden konnte, die ihn um seinen Verstand gebracht hatte, viel tiefer lag als dieses

Vorkommnis auf dem Felsen. Daß sie, wenn auch unbewußt, zum Sündenbock gemacht worden war. Vielleicht irgendeine böse Erfahrung, die weit zurücklag und in die Reeves und Elliot ebenso verwickelt waren? Irgendeine vernarbte Wunde, die der Tod seiner Stiefmutter und dann der Krankenschwester wieder aufgerissen hatte . . .

Zu der Stimme am Telefon sagte sie: »Bitte, verbinden Sie mich mit Miss Ehrhardt.«

Charles' Sekretärin hatte mehrere Jahre lang mit ihm gearbeitet, und unter den augenblicklichen Umständen war es nur verständlich, daß sie sich Sarah gegenüber etwas kühl verhielt. Sie erklärte, daß Mr. Trafton an diesem bestimmten Tag keine Verabredung für den Lunch einhalten konnte, da kurz vor zwölf eine Konferenz einberufen worden war. Er hatte sie gebeten, ihm seine Notizen ins Konferenzzimmer zu bringen, und als sie damit aus der Tür ging, hatte er gerade eine Telefonnummer gewählt, wahrscheinlich um seine Verabredung für den Lunch abzusagen. Später, und zwar weitaus später als halb zwei, war er dann ausgegangen. Aber hier etwas mit Bestimmtheit zu sagen sei ihr natürlich ganz unmöglich.

Sarah dankte ihr und wurde dann etwas deutlicher: »Es gibt ja so eine Unmenge Leute, denen man schreiben muß, und so viele Einzelheiten, die man . . . Haben Sie übrigens die Adresse eines Mr. Reeves oder eines Mr. Elliot?«

»Nein«, erklärte Miss Ehrhardt zögernd. »Man hat mich das schon einmal gefragt, aber ich weiß es wirklich nicht. Wir haben wohl vor Jahren einen Vernon Chase Elliot herausgebracht, aber der erscheint jetzt in einem anderen Verlag und lebt in Santa Monica. Jedenfalls war das lange vor Mr. Traftons Zeit, und wir haben auch keine Korrespondenz darüber. Über einen Mr. Reeves habe ich überhaupt keine Eintragung.«

Aber in ihrer Stimme war ein ähnlicher Zweifel wie in Sarahs eigener Erinnerung, dasselbe winzige Zögern, die Pause vor einer klaren Entscheidung. Sarah sagte: »Ja, also danke schön«, aber das mußte sehr enttäuscht geklungen haben, denn Miss Ehrhardt taute merklich auf und meinte bedauernd: »Es tut mir wirklich leid, daß ich Ihnen nicht helfen

kann, Mrs. Trafton. Aber ich stehe Ihnen natürlich jederzeit zur Verfügung, wenn Sie noch irgend etwas wissen möchten.«
Erst als sie wieder aufgelegt hatte, wußte Sarah, wie fest sie damit gerechnet hatte, die beiden Namen in Charles' Notizbuch identifizieren zu können.
Sie hatte schon wieder völlig vergessen, ihre gefrorenen Lammkoteletts aufzutauen. Nach einer hoffnungslosen Besichtigung der Fleischstücke erinnerte sie sich um fünf Uhr nachmittags an die schreckliche Mahlzeit vom Abend vorher, stellte eine Einkaufsliste zusammen und ging in einen Delikatessenladen auf der Lexington Avenue. Beim Zurückkommen öffnete sie den Briefkasten an der Tür. Sie fand einen sehr besorgten Brief von ihrer Schwester aus Kalifornien, die sie bat, sie zu besuchen, drei Prospekte, die sie ungelesen in den Papierkorb warf, und einen Brief von Bess Gideon. Wenn dieser Brief einen Tag früher bei ihr angekommen wäre, hätte er ganz andere Folgen gehabt.

6

Der Brief war mit der Schreibmaschine geschrieben, was Sarah sofort und ungerechterweise mißtrauisch machte. Sie selbst tippte fast alle ihre Briefe und hatte sich so daran gewöhnt, daß sie den Kugelschreiber nur mehr zum Ausstellen eines Schecks oder für eine gekritzelte Einkaufsliste benützte – aber bisher war jeder Brief von Bess Gideon in ihrer gerundeten, schräg nach rückwärts geneigten Handschrift geschrieben gewesen.
Sehr knapp und geschäftsmäßig und als hätte ihr Sarah nie mitgeteilt, daß sie die Farm nicht verkaufen wollte, bot Bess ihr die Summe von dreißigtausend Dollar an. Wenn auch Charles' Vater für den Ankauf der Farm nur dreiundzwanzigtausend Dollar aufzuwenden gehabt hatte, meinte sie, so sei es nur fair, ihr jetzt – angesichts der vielen Renovierungen und der steigenden Grundstückspreise – eine größere Summe anzubieten. Sarah sollte so freundlich sein, die Sache mit

ihrem Anwalt zu besprechen, so daß die notwendigen Schritte zum Verkauf in Angriff genommen werden könnten.
Das war der Inhalt des ersten Absatzes. Im zweiten erwähnte sie, daß Charles' goldene Taschenuhr seit vier Generationen im Besitz eines Trafton oder eines Gideon gewesen sei. Aber selbstverständlich würden alle es begreifen, wenn Sarah die Uhr als ein besonderes Andenken betrachtete.
Neuer Absatz. Vielleicht erinnere sich Sarah noch daran, daß Bess Charles vor einiger Zeit einen kleinen Stadtkoffer übergeben hatte, damit das Schloß in dem Laden, in dem der Koffer gekauft worden war, repariert werden konnte. Bess wisse nicht, wann sie nach New York kommen könne, aber wenn Sarah den Koffer beim Hausmeister ließe, würde jemand ihn dort abholen, ohne Sarah zu belästigen.
Der Brief schloß mit der etwas seltsamen Versicherung, daß alle sich immer freuen würden, Sarah zu sehen, wenn sie in der Gegend zu tun hätte.
Der Brief war so abgefaßt wie die Mitteilung an einen Verwalter. Knapp und höflich, aber dabei voll Anweisungen und Ermahnungen. Jedenfalls faßte Sarah in ihrem gereizten Zustand ihn so auf.
Ihre augenblickliche Reaktion war, ins Schlafzimmer zu laufen und die goldene Uhr aus der Schublade zu holen, wo Charles sie immer aufbewahrt hatte. Dann noch der kleine hübsche Übernachtungskoffer aus Krokodilleder. Was sich die Leute erlaubten, einem so ohne weiteres aufzubürden! Wenn Sarah den Koffer beim Hausmeister ließ und dann etwas passierte – vielleicht eine Schramme von einer seiner siamesischen Katzen oder gar ein neuerlicher und diesmal geglückter Einbruch – würde Bess sie sicher bis zum Jüngsten Tag dafür verantwortlich machen.
Ihr nächster Impuls war, direkt zum Telefon zu gehen. Aber vielleicht war es besser, zu warten, bis sie weniger zornig war. Warten und sich die Sache überlegen. Daran denken, daß sich Bess, genauso wie alle übrigen, in einer ziemlich peinlichen Lage befand. Weil sie in einem Haus leben mußten, das jetzt einem fast fremden Menschen gehörte, war ihr Wunsch, die Angelegenheit geordnet zu sehen, eigentlich selbstverständ-

lich. In Betracht zu ziehen war auch, daß Charles schließlich der Neffe beziehungsweise der Vetter dieser Familie war. Sie selbst hatte ihn kaum ein Jahr lang gekannt und war nur sechs Wochen mit ihm verheiratet gewesen, während er das Leben dieser Menschen – wenn auch mit Unterbrechungen – geteilt hatte.
Beim Begräbnis hatten sie keine Zeit zum Nachdenken gehabt, waren mit den Telegrammen und Blumen und sonstigen Dingen vollauf beschäftigt gewesen, Arbeiten, die sie wenigstens stundenweise von dem wirklichen Geschehen abgelenkt hatten. Aber jetzt hatten sie Zeit zum Nachdenken. Bemerkungen wie: »Das Ganze ist entschieden seltsam ... Erst sechs Wochen verheiratet und ... Du wirst mir doch nicht weismachen wollen, daß sie damit nichts zu tun hatte?« waren unter diesen Umständen doch nur menschlich.
Oder hatten sie etwa, vielleicht auch nur ein einziger unter ihnen, gewußt, was Sarah riskierte, als sie Charles heiratete? Woher kamen plötzlich diese Gedanken, und weshalb lief sie eigentlich so verzweifelt im Zimmer hin und her? Nur deshalb, weil sie sie mit einem Scheck abfinden und dann loswerden wollten? An sich war das ja begreiflich, denn sie selbst fühlte sich auch zu keinem einzigen dieser Menschen hingezogen.
Aber einfach abgeschoben zu werden und dabei den unglaublichen Verdacht aufgeladen zu bekommen, daß Charles zum Selbstmord getrieben wurde, ehe sie ihn umbringen konnte, war eine ganz andere Sache. Etwas, mit dem sie sich vielleicht abfinden mußte, aber nur, wenn ihr kein anderer Ausweg übrigblieb. Und gewiß nicht, ehe sie über die zwei Namen Gewißheit hatte, von denen niemand etwas zu wissen schien: Reeves, Elliot.
Nach dem Abendessen, etwas ruhiger geworden, las sie den Brief noch einmal durch, ging dann zum Telefon und rief Bess Gideon in Preston an.
»Sarah, du!« Bess brauchte einen Augenblick, um sich zu fangen und ihrer Stimme mehr Wärme zu geben. »Das ist aber reizend, daß du von dir hören läßt! Wir haben alle an dich gedacht und wollten dich schon mehrmals anrufen ...« Sie

erwiderte, wie freundschaftlich es von Bess gewesen sei, ihr zu schreiben. Bei all den Dingen, die zu erledigen wären, hätte sie wirklich bisher noch keine Zeit gehabt, über die Frage der Farm richtig nachzudenken. Aber jetzt könnte sie ein paar Tage lang von New York weg und wollte wissen, ob sie bei ihnen wohnen könnte.

Bess zeigte sich sogleich sehr erfreut und herzlich, was aber nichts zu bedeuten hatte, denn sie gehörte zu einer Generation, die jemandem, wenn nötig, eine Portion Gift verabreicht hätte, ohne jedoch jemals unhöflich zu werden. »Wann, glaubst du denn, daß du kommen kannst? Je früher, desto besser. Laß mal sehen . . . Heute haben wir Dienstag . . .«

Man einigte sich auf Donnerstag. Sarah sagte, daß sie den Zug und dann ein Taxi nehmen würde, aber Bess erklärte, das sei Unsinn und Hunter würde sie abholen. Als Milos Dohle plötzlich dazwischenkrächzte, wurde die große Entfernung zwischen ihnen ganz unwirklich und absurd.

Das Telefon auf der Farm stand im Eßzimmer. Die Wände über den weißen Borden waren zartgelb gestrichen, der riesige Kamin aus grauem Stein gemauert, und an den Fenstern hingen schwarz-weiß gemusterte Vorhänge. Die Einrichtung war mit großem Bedacht auf das Notwendigste beschränkt: ein Mahagonitisch und Stühle, eine Musiktruhe und in einer Ecke das Telefontischchen mit einem Lehnstuhl. Selbst im Sommer gab es niemals Blumen im Zimmer, nur ein paar Zitronenzweige oder ein paar aschgraue Eukalyptusrispen in einem Silberkrug. Der Effekt war, daß man das Gefühl hatte, als stünde man mitten in einem Würfel kalten, schattenlosen Lichts.

Während des Telefongesprächs war der Ausdruck auf Bess' magerem, sensitivem Gesicht sicher eine Art Signal für die anderen gewesen: für Milo, der wahrscheinlich mit eulenhaft hochgezogenen Brauen in der Tür stand, oder Evelyn, die bestimmt vom Abspülen hereingelaufen war, um das Neueste aufzuschnappen. Hunter Gideons Reaktion konnte Sarah sich nicht vorstellen. Dann verschwand das Bild plötzlich und sie hörte nur Bess, die etwas von einem Handkoffer aus Krokodilleder sagte.

»Ja, den werde ich mitbringen. Und auch die Uhr«, antwortete Sarah knapp. »Wenn ich bei euch bin, werden wir ja auch wahrscheinlich Gelegenheit haben, andere Dinge zu besprechen.«
»Ja?« Der Draht schien zu vibrieren. »Du meinst über den . . .?«
Von der Dohle kam plötzlich durchdringendes Gekrächz wie ein wahres Trommelfeuer – eine sehr willkommene Ablenkung. »Also dann bleibt's beim Donnerstag«, wollte Sarah abschließen, als Bess noch rasch hinzufügte: »Du hast gerade Harry Brendan und Kate versäumt. Sie sind hier vorbeigekommen. Die werden sich sicher sehr freuen, wenn sie hören, daß du . . .«
Das glaubst du ja wohl selbst nicht, dachte Sarah und starrte auf den Teppich. Und diese Bemerkung war gewiß nur scheinbar leichthin gemacht. Die Warnung, daß die Reihen sich gegen sie geschlossen hatten.
Also Donnerstag . . .

Sarah ging wieder einmal durch die Notizen in Charles' Notizbuch, fand aber nichts mehr, das unerklärlich erschien. Die Frage des unbekannten H. oder K. und der versäumten oder nicht eingehaltenen Verabredung blieb nach wie vor ungelöst. Sie erwartete eigentlich eine Nachricht von Miss Ehrhardt, daß sie die Namen Reeves und Elliot in den Akten ausgegraben habe und daß sie Pressefotografen oder vielleicht Handwerker oder mit dem Verlag befreundete Journalisten seien . . . Aber Miss Ehrhardt rief nicht an.
Ob Lieutenant Welk sich noch immer über ihren Spaziergang an dem Abend, als Charles starb, den Kopf zerbrach? Da er sie aber weder besucht noch angerufen hatte, blieb auch diese Frage unbeantwortet.
Beim Packen suchte sie vergeblich nach Charles' gerahmter Fotografie. Sie war wütend, aber auf eine ganz unpersönliche Art. Auch hilfsbereiter Takt hatte Grenzen, und was darüber hinausging, war ein unberechtigter Eingriff in ihr Privatleben. Sie ging zum Hausmeister und versprach, daß sie die Angelegenheit der Koffer ihres Mannes nach ihrer Rückkehr in

Ordnung bringen würde. Dann lackierte sie sich die Nägel und ließ sich die Haare kürzer schneiden. Erst kurz ehe sie zur Bahn fuhr, kam ihr zu Bewußtsein, daß das alles ja nicht so sehr Vorbereitungen für einen gewöhnlichen Besuch waren, sondern die weibliche Version der Vorkehrungen, die ein Soldat trifft, ehe er sich klar zum Gefecht macht.

Wie verabredet, erwartete Hunter Gideon sie am Bahnhof. Der Zug lief mit einer halben Stunde Verspätung ein, was Sarah peinlich war, außerdem fiel dünner, eisiger Regen, der sicher die fünfzehn Meilen lange Fahrt von Preston noch umständlicher und schwieriger gemacht hatte. Schon als Hunter, größer und schlanker denn je, über die Geleise auf sie zukam, fing sie an, sich zu entschuldigen.

»Ach, das ist doch nicht der Rede wert«, meinte er und nahm ihr Handgepäck. »Wie ist dir's denn ergangen? Siehst ja schrecklich aus!« Dann schwieg er und sah zu der Reihe wartender Wagen. »Ja, zum Teufel, wo sind wir denn eigentlich?«

Nach diesem Ausbruch ungewohnter Beredsamkeit, die Hunter anscheinend selbst erstaunte und ärgerte, verfielen beide in Schweigen. Sarah war in einem Zustand hypnotischer Erschöpftheit, wie das bei ihr immer die Folge langer Eisenbahnfahrten war, und Hunter mußte sich auf das Fahren auf der vereisten Straße konzentrieren.

Sollte sie ihn jetzt gleich fragen, ob er mit Charles an dem Tage seines Todes eine Verabredung gehabt hatte? Aber er bemerkte, daß sie den Kopf halb zu ihm gewendet hatte und sah sie fragend an.

»Und wie geht es den . . . den Fasanen?« Verspätet sah sie dann ein, daß diese Frage vielleicht so klang, als hätte sie ein Eigentumsrecht auf die Fasanen. Aber Hunter schien erleichtert, daß sie ein Thema gefunden hatte, das sie eine Weile besprechen konnten. Sie hätten einen Verlust gehabt, erzählte er, einen schwarzhalsigen Goldhahn, einer von Mutters Lieblingen, der von einem Nerz getötet wurde. Dann hätte es noch einen Unfall anderer Art gegeben: ein Silberhahn hätte das Kind von Nachbarn, das ihn erst geneckt und dann losgelas-

sen hatte, gekratzt und gebissen.
Trotz der plötzlich wieder niederdrückenden Erinnerung an die Nerzfarm, war Sarah erstaunt. »Willst du damit sagen, daß ein Fasan wirklich auf ein Kind losgeht?«
»Nicht jede Art. Aber Silberfasanen sind wild. Es ist bekannt, daß sie sogar Leuten, die sie geneckt oder verwundet haben, wenn sie wirklich wütend sind, bis in ihre Häuser nachkommen. Es sind ja sehr große Vögel mit enormer Flügelspanne und mit Sporen, so scharf wie Messer. Unglücklicherweise hatte nämlich Long John, der Fasan, den der Junge geärgert hatte, kurz vorher seinen Schnabelring verloren und konnte daher mit Sporen und Schnabel auf das Kind losgehen.«
Sarah erinnerte sich daran, daß sie einige Fasanen mit einem winzigen Ring durch den Schnabel gesehen hatte. Dieser Ring verhinderte das Zuhacken und Ausreißen der Federn, wenn mehrere Vögel gleichzeitig zum Versand verladen werden mußten. An einem klaren, schimmernden Nachmittag auf der Farm hatte Charles ihr das alles erklärt. Bei der Erinnerung daran verstummte sie, und das Schweigen dauerte die ganze Fahrt über.
Endlich erreichten sie das Haus, das mit seiner Reihe erleuchteter Fenster langgestreckt aus dem Dunkel ragte, und als Hunter den Wagen durchs Gittertor lenkte, glitzerte der bereifte Zaun im Scheinwerferlicht auf. Er fuhr geradewegs in die Scheune und hielt knapp vor einem Haufen Brennholz. Dann fragte er, ohne den Kopf zu wenden: »Hast du schon herausbekommen, weshalb sich Charles eigentlich umgebracht hat?«
Sarah fuhr erschrocken auf. Aber die Frage selbst erschreckte sie weniger als der Ton, in dem sie gestellt wurde. Die Intensität seiner Stimme, dieses Wegfallen aller Hüllen. Als das Licht vom Instrumentenbrett auf ihn fiel, sah er beinahe selber wie ein aggressiver Fasan aus: das gleiche scharfe Profil, dasselbe lautlose Sichern, die Sprungbereitschaft.
Nicht jemand, der es einem leichtmachen würde, sich ihm anzuvertrauen. »Ja . . . ja, natürlich . . . momentane Geistesgestörtheit.« Die plötzliche Dunkelheit, als er jetzt den Scheinwerfer abschaltete, verhüllte seinen gewiß verächtlichen Blick.

Bess Gideon küßte sie flüchtig auf die Wange, Evelyn war übersprudelnd, und Milo deklamierte, verschroben wie immer: »Inzwischen hat sich hier auf unserer Vogelfarm manches ereignet.«
Während des Durcheinanders ihrer Ankunft hatte Hunter schon mit dem Mischen der Drinks begonnen. Bess entschuldigte sich, daß das Gastzimmer gerade neu tapeziert würde und daß dort jetzt vollkommenes Chaos herrschte. Aber Sarah würde es ihr gewiß nicht übelnehmen, wenn sie sie dieses Mal in Charles' früherem Zimmer einquartierte.
Sarah versicherte natürlich, daß ihr alles recht sei, fragte sich aber, ob das nicht als Probe für sie gemeint war, eine Art Herausforderung. Bess hatte gelächelt, sie aber dabei sehr aufmerksam angesehen.
Wie Sarah bemerkte, hatte die um so vieles ältere Bess gerade wieder ihren allabendlichen Verwandlungstrick ausgeführt. Ein Mann kam wohl einmal in der Woche auf die Farm und reinigte die Fasanenkäfige und das Hühnerhaus und machte notwendige Reparaturen, aber die gesamte Pflege der Tiere wurde von Bess selbst besorgt. Bei dieser Arbeit trug sie Hosen, die ihrer schlanken Figur paßten, die aber gewöhnlich einen Riß hatten, geflickt oder farbbeschmiert waren; dazu ein abgelegtes kariertes Männerhemd, die Ärmel aufgerollt. Wenn sie ihre Arbeitshandschuhe angezogen hatte, in jeder Hand einen Eimer schleppte und ihr kurzgeschnittenes Haar windverweht oder vom Regen durchnäßt war, erinnerte sie Sarah immer an eine Schauspielerin, die sich bemühte, in einer Charakterrolle so echt wie möglich auszusehen.
Aber pünktlich um sechs Uhr kroch sie offenbar nicht nur aus ihrem Arbeitszeug, sondern auch aus ihrer Haut und erschien dann regelmäßig in einem schwarzen, dünnen Abendkleid. Das Fehlen jedes Schmucks lenkte den Blick auf ihr hageres, leicht spöttisches Gesicht. Das Resultat war unweigerlich, daß Evelyn, die tagsüber immer lächerlich aufgeputzt erschien, jetzt neben ihr aussah, als sei sie nur halb angezogen.
In stillschweigendem Übereinkommen wurde die Angelegenheit, die allen so sehr am Herzen lag, von niemandem

erwähnt. Hunter war wieder mit den Drinks beschäftigt, und draußen war der eisige Regen inzwischen zu Graupeln geworden, die aus der ländlichen Dunkelheit leise trommelnd gegen die Scheiben prasselten. Sarah war überrascht, daß Bess gegen die zotige Anekdote, die Milo jetzt mit völlig ausdruckslosem Gesicht erzählte, nichts einwendete, und zwang sich nicht zu einem Lächeln. Sie bemerkte nur wieder einmal, daß Milo zu den Menschen gehörte, die Bissigkeit für geistreich hielten und ordinäres Benehmen mit Witz verwechselten.

Was wollte sie hier eigentlich? Evelyn saß jetzt neben ihr und vertraute ihr die häuslichen Probleme einer Freundin an, die kürzlich nach Jefferson City gezogen war, mit der sie aber korrespondierte und die sich über Charles' Tod sehr aufgeregt hatte.

Wiederum Charles! Er selbst erschien ihr jetzt schon ganz unwirklich, aber die Bürde, die er ihr hinterlassen hatte, war sehr wirklich. Wie konnte er ihr das nur antun? Ärger, Verletztheit, vielleicht auch die Cocktails nach der langen Reise und die Fahrt im Regen wirkten sich jetzt plötzlich aus. Mitten in Evelyns endloses Geplapper hinein sagte sie: »Ja, ich verstehe. Das muß ein schwerer Schlag für sie gewesen sein.« Dann mußte sie aber beide Hände gegen das Gesicht pressen. »Ist es hier wirklich so heiß? Mir ist . . .«

Evelyns Augen wurden sofort riesengroß; ihr war offenbar etwas gedämmert. »Bist du am Ende gar – du meinst doch nicht, daß du . . .!«

Sarah starrte sie erst ganz verwundert an, bis ihr die Bedeutung dieses Flüsterns und Evelyns weibliche Teilnahme klarwurden. »Du meinst schwanger? Ach, du lieber Gott – nein. So etwas wäre sicher peinlich, nicht?«

Ihre Worte verklangen in eine gespannte Stille. Hunter wandte plötzlich den Kopf, anscheinend, um ein Niesen zu verbergen. Milo rückte die Brille bis an die Nasenspitze und sah sie über die Gläser mit großen, runden Augen an. Bess sagte schließlich sehr nachdrücklich: »Stimmt. Es ist hier wirklich sehr heiß – bitte sieh doch mal nach dem Thermostat, Hunter. Evelyn, glaubst du nicht, daß der Braten jetzt fertig ist?«

Der Braten war nicht nur fertig, sondern gründlich verbrutzelt.

Genau wie Bess die Fasanen betreute, hatte Evelyn sich um die Küchenangelegenheiten zu kümmern, aber sie war eine äußerst umständliche und daneben noch ganz besonders schlechte Köchin. Bei ihr durfte keine Speise ihren natürlichen Geschmack behalten: zu Erbsen tat sie Milch, Kartoffeln wurden erst aus der Schale und dann wieder in die Schale praktiziert und mit einer geheimnisvollen Würze versehen. Jeder Braten war mit irgendwelchen fremdartigen Zutaten – meistens Obst – bedeckt oder garniert.

Als Sarah die Gabel vorsichtig prüfend benützte, traf sie auf etwas, das wie eine Aprikose aussah. Sie saß neben Milo, der ihr die Erbsen reichte und ihr dabei zuflüsterte: »Doch nur eine Einzelportion, was?« Sie ertrug das schweigend, weil sie sich ja die Sache vorhin selbst eingebrockt hatte. Aber als Bess die Gewürzbehälter schüttelte und feststellte, daß alle mit Pfeffer gefüllt waren, schob sie ihren Stuhl rasch zurück. »Ich hole das Salz.«

Sie war oft genug im Hause gewesen, wußte daher, wo die Gewürze aufbewahrt wurden, und jeder Augenblick des Alleinseins bedeutete eine Erleichterung für sie. In der Küche fand sie das Salz, und als sie gerade wieder ins Zimmer zurückgehen wollte, sah sie den Mann am Fenster.

Er mußte wohl ganz dicht davor gestanden und das Gesicht an die Scheibe gepreßt haben, denn sonst wäre es nicht so unglaublich verzerrt erschienen. Sarah sah flüchtig schwarzes Haar, das in eine niedrige Stirn fiel, eine flachgedrückte Nase und den grotesk nach beiden Seiten verzerrten Mund, ein Grinsen, wie es Kinder oft mit zwei Fingern fertigbringen – und war schon aus der Küche, ehe man noch das Klopfen an der Tür hören konnte.

Bess runzelte die Stirn. Hunter sagte: »Ich gehe schon«, und verschwand. Die Außentür zur Küche wurde geöffnet, und dann begann eine gemurmelte Unterhaltung. Evelyn erhob erst aufhorchend den Kopf, widmete sich aber dann dem Essen; offenbar war der Mann in der Küche uninteressant. Dann fragte Bess: »Sag mal, hast du den neuen italienischen Film gesehen, Sarah, der soviel Aufsehen erregt?« Hunter kam wieder ins Zimmer zurück und fing, ohne ein Wort zu sagen,

wieder zu essen an.
Wahrscheinlich jemand, der einen Fasan kaufen oder eintauschen wollte, meinte Sarah, was ja bei Fasanenliebhabern die Regel zu sein schien. Oder jemand, der etwas zu bezahlen hatte, denn sie glaubte, das Klirren von Münzen gehört zu haben. Der Mann hatte ihr nur deshalb solchen Schrecken eingejagt, weil sie ohnehin schon verängstigt war und als Stadtmensch nicht daran gewöhnt, Gesichter plötzlich aus dem Dunkel auftauchen zu sehen.
Sie tranken den Kaffee im Wohnzimmer, und als dann Evelyn die Tassen hinaustrug, begleitete Sarah sie. Auf Bess' Protest hin meinte sie harmlos, daß sie ja lange genug in der Eisenbahn gesessen habe. Aber das war nicht der wahre Grund.
Evelyn hatte darauf bestanden, daß sie selber das Abspülen und Sarah das Trocknen besorgen sollte. Mitten in das Rauschen des Wassers fragte Sarah beiläufig: »Wer war eigentlich der Mann, der während des Essens an die Küchentür klopfte?«
Gegen ihre Allergien mit Gummihandschuhen versehen, tat Evelyn erst eine Gemüseschüssel auf das Trockengestell. »Ach, der hilft Bess bei den Fasanen und hatte wahrscheinlich seinen Lohn vergessen. Oder vielleicht hat Bess, als er das letztemal da war, kein Kleingeld gehabt. Sie mußte gerade vorher ein paar blauohrige mandschurische Hühner bezahlen.«
Sarah war über die kaum verborgene, kühle Rüge in Evelyns Ton etwas verblüfft. Sie trocknete die Gemüseschüssel und räumte sie weg. Sie erinnerte sich an den sonnenverbrannten Studenten, den sie früher hier auf der Farm gesehen hatte. »Ist das nicht ein Neuer?«
»Jedenfalls neu bei uns. Schrecklich, wie diese Tassen dunkle Ränder ansetzen, nicht? Wenn man bedenkt, was sie kosten. Nein, eigentlich ist er schon lange hier in der Gegend.« Sie wandte sich vom Spültisch ab und zog sich die Handschuhe aus. »Früher hat er auf der Nerzfarm gearbeitet. Er heißt Peck.«
In Sarah zuckte eine peinliche Erinnerung auf. »Peck?«
»Also hast du schon von ihm gehört?« Evelyn schien darüber

fast erfreut. »Den hatten sie doch wegen des Mordes auf der Nerzfarm verhaftet. Du weißt doch noch, der Mord an der Krankenschwester, Miss Braceway!«

7

Daran brauchte Sarah niemand zu erinnern. Dieser Name erweckte eine doppelte Erinnerung. Die Erinnerung an Kate Clemences Worte beim Tee in New York: »Sie haben den Kerl gekriegt, der die Krankenschwester umgebracht hat. Er hat früher auf der Nerzfarm gearbeitet«, und dann später Charles' Ausruf: »Du lieber Gott! Der arme Peck!« Diese Nacht und auch die darauffolgende Nacht hatte er fest und ruhig geschlafen.

Evelyn sah sie immer noch seltsam befriedigt an. »Die Polizei hat ihn wohl eine Zeitlang festgehalten, aber dann hat es sich herausgestellt, daß er, als der Mord verübt wurde, ganz woanders war, und sie mußten ihn laufen lassen. Charles hat sich immer bemüht, Arbeit für ihn zu finden, und als er dann um Arbeit bat, hat er Bess wahrscheinlich leid getan.«

Weshalb wohl Evelyn dieses Gespräch so sehr genoß? Aus reiner Freude an einem tragischen Ereignis, oder nur weil ihr jemand mit wirklichem Interesse zuhörte – für sie ein ungewohntes Erlebnis? Sarah meinte nachdenklich: »Wenn's aber Peck nicht war . . .?«

»Ich glaube gar nicht mehr, daß sie die Sache noch je aufklären werden.« Evelyns Stimme klang unbeteiligt. »Die waren so überzeugt, daß nur Peck der Täter sein konnte, daß sie sich nicht einmal die Mühe gemacht haben, jemand anderen in Betracht zu ziehen.«

Also wieder die Nerzfarm. Sarah wurde jetzt plötzlich sehr aufmerksam. Obgleich die Farm von hier aus gar nicht zu sehen war und zwischen den beiden Häusern scheinbar keine Beziehung bestand, war das ein gemeinsames Band im Leben dieser Menschen, das immer wieder auftauchte. Miss Braceway war bei der Farm umgebracht worden. Ein Nerz von dort

hatte hier einen schwarzhalsigen Goldfasan getötet. Und heute abend war Peck, ein früherer Arbeiter der Farm, hiergekommen.
»Wem gehört eigentlich diese Nerzfarm?« fragte Sarah gespannt.
»Leuten, die Hopkins heißen«, erklärte Evelyn. Also weder Reeves noch Elliot. Damit war allerdings jeder Möglichkeit in dieser Richtung ein Ende gemacht . . . Aber Evelyn hatte sie dabei so merkwürdig angesehen, daß ihre Enttäuschung sich vor Schreck über diesen Blick ganz verflüchtigte.
Wie dumm, mit Evelyn Mitleid zu haben. Als Sarah jetzt zum erstenmal den kalten, berechnenden Ausdruck in Evelyns Augen beobachtete, schien es ihr gar nicht undenkbar, daß Evelyn mit den Menschen spielte und sie für dumm verkaufte. Einen Augenblick lang hielt Sarah die Idee nicht für ausgeschlossen, daß Evelyn es den anderen einmal heimzahlen würde.
Aber dann erklärte sie mit gewohnter Sprunghaftigkeit: »Denk dir nur, die Freundin, von der ich dir vorhin erzählte, hat mit ihren Händen auch soviel Ärger. Sie hat jetzt absolut alles versucht, und weißt du, was ihr Arzt schließlich gesagt hat? Er hat ihr gesagt, daß . . .« Sarah mußte zugeben, daß sie sich wahrscheinlich doch getäuscht hatte.
Sie ging früh schlafen und kletterte die gewundene Hintertreppe aus dem Eßzimmer hinauf. Aus ästhetischen und auch aus finanziellen Gründen hatte Bess wohl gewußt, daß sie bei diesem Teil des Hauses haltmachen mußte, einem langen, schmalen Raum mit schräger Decke, der über dem Eßzimmer und der Küche lag. Die Wände waren hier nur geweißt und das Fenster an dem einen Ende mit einem blauen Vorhang versehen. Aber es war nicht versucht worden, den Kamin, der in der Zimmermitte stand, zu verkleiden, noch die spinnwebenbedeckten Kisten und Reisekoffer zu verdecken, die vor der gewölbten Tür aufgetürmt standen, die zum Heuboden führte. Im bewohnbaren Teil, links vom Kamin, befanden sich ein Bett, ein Nachttisch mit Lampe, ein Läufer in Flechtarbeit, eine auf Glanz gewachste Kommode und an der Wand ein halbblinder Spiegel. Am Fuße des Bettes standen Sarahs Handkof-

fer neben dem Heizkörper, den Hunter, als er die Koffer hinaufbrachte, angeschaltet hatte.
Sarah drehte ihn ab, zog ihr Nachthemd und darüber einen Morgenrock an und ging vorsichtig durch die Verbindungstür ins Gästezimmer. Die Möbel waren in eine Ecke geschoben, wie Bess es ihr geschildert hatte, und die abgerissenen Tapeten ringelten sich auf dem Boden. Aber das dazugehörige Badezimmer war ordentlich. Sie wusch sich und ging dann ins Bett.
In Charles' Bett schlafen. Im Wohnzimmer und auch im Arbeitszimmer daneben gab's ein Schlafsofa, und möglicherweise hatte auch Miss Braceway, als sie hier auf der Farm war, in Charles' Bett geschlafen. Sogar wahrscheinlich, denn im Gastzimmer hatte ja Charles' Stiefmutter gewohnt.
Wie war doch ihr Mädchenname gewesen?
Sarahs Gedanken begannen sich wieder im Kreis zu drehen. Aber die Decken waren warm, und die Leintücher dufteten nach frischer Landluft. Das Graupeln hatte aufgehört, und im Haus war es jetzt auch lautlos still geworden. Allmählich schlief sie ein.
Es schien, als sei sie eben erst eingenickt, als sie mit Herzklopfen erwachte und einen Augenblick entsetzt darauf wartete, Charles wieder aus seinem Alptraum aufschreien zu hören. Aber aus dem Dunkel kam ein ganz anderes Geräusch: erst ein seltsames Reißen, ein leiser Aufprall, und dann knarrte der Bretterboden. Diese Geräusche kamen aus dem Zimmer, ganz aus der Nähe und waren offenbar schon längere Zeit hörbar gewesen, bis sie sich ihrer bewußt wurde.
»Ja?« fragte sie mit dem Mut, der nur aus tiefster Angst kommt, und dann nochmals: »Wer ist da?«, schlug dann absichtlich laut mit der Bettdecke um sich, saß im Bett auf und griff nach dem Lichtschalter.
Aber das Zimmer war leer, und der Schatten auf der Wand war nur ihr eigener, als sie sich endlich zwang, aus dem Bett zu kriechen und hinter den Kamin zu schauen. Und das einzige Geräusch war das Tappen ihrer nackten Füße auf dem Holzboden. Selbst diese Stille war irgendwie sonderbar, als stünde jemand, der gerade vorher hier gewesen war, jetzt nebenan

und lauschte mit angehaltenem Atem.
Sarah schüttelte den Bann ab. Aber niemand hätte sie dazu gebracht, durchs ganze Zimmer bis in die dunkle Ecke zur Tür ins Dachgeschoß zu gehen, die jetzt wahrscheinlich nicht mehr versperrt war. Sie wollte nur von hier weg, und zwar sofort. Sie zog Morgenrock und Hausschuhe an und sah sich dann im Zimmer um, um herauszufinden, was sie eigentlich geweckt hatte.
An dem Aufprall auf den Boden war ihre Handtasche schuld gewesen. Ehe sie das Licht abdrehte, hatte sie auf der Kommode gelegen und jetzt lag sie auf dem Boden. Vielleicht das Werk einer Maus? Aber Bess' Krokodilkoffer war gewiß von keiner Maus aufgemacht und das Moiréfutter mit solcher Kraft und Hast durchwühlt worden, daß die Naht an einer Stelle aufgerissen war! Sarah starrte den Koffer an und zerbrach sich nur den Kopf, wie sie Bess diesen Schaden erklären sollte – ein Beweis, daß sie den eben erlittenen Schock noch nicht überwunden hatte.
Auf Zehenspitzen schlich sie die kleine Treppe hinunter, durchs Eßzimmer ins Wohnzimmer. Tastend fand sie die Stehlampe. Sie warf ihr trichterförmiges Licht auf einen Teil des Teppichs, die Fasanenfedern mit ihren pendelnden, geschweiften Schatten über der Tür und auf die Uhr am Kamin. Die Zeiger standen auf zehn Minuten nach zwei.
Sarah ließ die Lampe brennen, streckte sich auf dem Sofa aus und versuchte, allerdings vergeblich, den Kopf in eine weniger unbequeme Lage zu betten. Als ihre rein physische Angst auf dieses nächtliche Eindringen in ihr Zimmer nachließ, mußte sie sich fragen, weshalb jemand, der etwas aus ihrer Handtasche oder ihrem Gepäck entwenden wollte, damit eigentlich bis zu einer so ungelegenen Stunde gewartet hatte. Hätte er das nicht schon während des Abends tun können?
Aber das war eben nicht möglich gewesen. Hunter wollte zwar ihre Koffer gleich nach ihrer Ankunft hinauftragen, aber Bess hatte ihn gebeten, die Cocktails zu mischen, und sie waren, bis kurz ehe sie schlafen ging, am Fuß der Treppe stehengeblieben. Nachher war sie mit Evelyn in der Küche gewesen, und vom Spültisch aus konnte man an der Nische vorbei, wo

Milos Dohle hockte, quer durchs Eßzimmer bis an die Tür zur Treppe sehen. Es wäre also gar nicht so leicht gewesen, sich an den Koffern zu schaffen zu machen.

Eines stand aber fest: jemand hier im Hause, gleichgültig wer, wollte sich etwas aneignen, das Charles gehört hatte, und meinte, sie hätte es in ihrem Koffer.

Sarah setzte sich jetzt in einen Lehnstuhl, wickelte den Morgenrock eng um ihre frierenden Beine und begann in aller Ruhe zu überlegen, welche Dinge aus Charles' Besitz sie eigentlich mit eingepackt hatte. Denn offenbar gab es hier jemand, den ein solcher Gegenstand sehr beunruhigte. Kein Ding, nach dem man offen fragen konnte, wie nach einer Uhr, einem Erbstück . . .

Das Krähen eines Seidenhahns – für das Ohr eines Stadtmenschen ein Geräusch wie ein Revolverschuß – weckte sie, als das Wohnzimmer noch im fahlen Frühlicht lag. Sie ging, steif vor Kälte und übernächtig, ins Dachgeschoß hinauf und zu Bett.

Milo hatte während der Nacht einen Nerz getötet.

Das galt bei allen als große Heldentat, und Sarah ging mit den anderen in den Stall, um sich das tote Tier, das in seinem kaffeefarbenen Pelz steif dalag, anzusehen. Der Nerz tat ihr zwar nicht leid, aber sie schrak zurück, als ihr der schwere, kurze Knüppel gezeigt wurde, den Milo verwendet hatte. An dem einen Ende klebte noch Blut.

Angesichts von Milos Stolz und den endlosen Wiederholungen aller Einzelheiten seiner Tat hätte man meinen können, daß er einem Säbeltiger den Garaus gemacht hatte. Er sei nachts von Zahnschmerzen geweckt worden und sei nach unten gegangen, um sich den Mund mit Kognak zu spülen. Er wüßte eigentlich gar nicht, was ihn plötzlich an den Nerz erinnerte, der sich vor ein paar Nächten hier eingeschlichen hatte. Aber da er ohnehin nicht schlafen konnte, habe er seinen Mantel angezogen, sei in die Scheune gegangen und habe dabei die Taschenlampe mitgenommen. Da er solche Zahnschmerzen hatte, wollte er bei dieser Kälte gar nicht aus dem Haus gehen, aber drei der Fasanenkäfige hatten ja einen Auslauf direkt ins Freie. Dort fand er den Nerz.

Die Gabe lebendiger Schilderung war Sarah an Milo bisher nicht aufgefallen. Aber wie er jetzt mit seinen verweichlichten, fetten Händen gestikulierte, sah man förmlich, wie der Nerz, den geschmeidigen Leib vor Jagdeifer zuckend, versuchte, durch das Drahtnetz zu gelangen, das die Fasanenkäfige schützte. Er war so von Gier besessen oder vielleicht vom Lichtstrahl der Taschenlampe so sehr geblendet gewesen, daß ihn nicht einmal das Geräusch, als Milo sich näherte, vom verlockenden Anblick des Hahns ablenken konnte, der in seinem goldfarbenen Federkleid, mit weißem Kopf und schwarzer Maske, nur wenige Schritte vor ihm friedlich auf seiner Stange saß.

»Und dann habe ich's ihm gegeben«, schloß Milo und wirbelte den Knüppel in der Luft.

Sarah mußte den Kopf abwenden und fragte nur: »Wie spät war es denn?«

Alle sahen sie so gespannt an, als hätte der Nerz selber die Frage gestellt. »Ungefähr zwei Uhr«, meinte Milo, schob seine Brille auf die Nase und sah sie über die Gläser an. »Warst du denn da oben in deinem Vogelbauer noch wach? Wenn ich das gewußt hätte, hättest du mir die Taschenlampe halten können.«

Aber Sarah hatte inzwischen Zeit zum Überlegen gehabt, und ihr war klar, daß die Erwähnung ihres nächtlichen Erlebnisses ihre Lage hier unhaltbar machen würde – oder war das die Absicht gewesen? Ihre Antwort klang ganz gleichgültig: »Nicht wirklich wach. Mir ist nur vorgekommen, als hätte ich irgend etwas gehört.«

Wer unter ihnen hatte wohl auf Zehenspitzen in ihrem Zimmer herumgetappt und wußte jetzt, daß sie gelogen hatte? Bess hatte sich umgedreht und fütterte eine sanfte, braune Henne mit Salat, die ihr – anders als die wild zupackenden Silberfasanen oder die raschen und scheuen japanischen Kupferhähne – jedes Blättchen zart aus den Fingern pickte. Evelyn betrachtete den toten Nerz so nachdenklich, als wollte sie sich schon jetzt für einen Kragen das Maß nehmen, und als Milo merkte, daß das allgemeine Interesse etwas nachzulassen schien, sah er forschend von einem zum anderen und stellte den Knüppel dann in eine Ecke im Stall. Hunter, schon in Rock und Hut für seine morgendliche Fahrt nach Boston, sah im Vergleich mit den anderen geradezu militärisch korrekt aus. Als er zu seinem Wagen ging, wies er mit dem Kopf auf den toten Nerz und fragte barsch: »Meint ihr nicht, daß Peck den rausgelassen hat, um sich an Hopkins zu rächen?«

Als er gegangen war, herrschte erst erschrockenes Schweigen, und als einer nach dem anderen unwillkürlich den Mund öffnete, stiegen in der eisigen Kälte graue Atemwölkchen auf. Dann erklärte Bess empört: »Peck würde so etwas niemals tun. Außerdem ist er selbst ein Bauer und weiß ganz genau, wohin ein Nerz . . .«

Diese zweite Behauptung war kaum überzeugender als die erste – ganz im Gegenteil. Sarah erschien diese Methode als ein geradezu klassischer Racheplan: dem einen ließ er einen Nerz entkommen, der dem anderen dann seine Fasanen umbrachte. Damit hätten beide einen Verlust erlitten, denn ein beschädigtes Nerzfell war kaum verkäuflich, und selbst wenn der Nerz einen Fasan nur totgebissen und gar nicht aufgefressen hätte, würde Bess eher ihren Nachbarn mit Haut und Haar vertilgt haben, als einen ihrer schönen Vögel als Braten zu verzehren.

Sarah gab zu, daß Peck diesem Mr. Hopkins wegen seiner Entlassung von der Nerzfarm vielleicht feindlich gesinnt war, aber sie zwang sich, nicht an den einzigen Grund zu denken, weshalb er es eigentlich den Gideons heimzahlen wollte. Als Kate Clemence erschien, um sich etwas braunen Zucker auszuleihen, war sie sehr erleichtert.

In New York hatte Kate sehr schick ausgesehen, aber diese Eleganz war ihr sichtlich unbehaglich gewesen. Hier, in ihrem eigenen Milieu, wirkte sie so imponierend wie immer und war wieder vollkommen im Besitz ihrer unerschütterlichen Ruhe. Sie war sehr groß und hätte eigentlich männlich wirken müssen, denn sie trug eine offenbar für einen Mann zugeschnittene Windjacke, unter deren Kapuze nur eine ungleichmäßige Franse ihres Haars zu sehen war; aber das war trotzdem nicht der Fall. Daß alle über ihre Ankunft als Ablen-

kung von den eben erlebten peinlichen Eindrücken erleichtert schienen, sprach zu ihren Gunsten.
Sie begrüßte Sarah mit einer Höflichkeit, die man – ohne genauer hinzuhören – sogar für Herzlichkeit halten mochte. Als sie Bess um Zucker bat, verzog sie das Gesicht, offenbar eine Gewohnheit, und erklärte: »Ich hätte gut auch ohne diesen Zucker auskommen können – aber ihr wißt ja, wie Rob ist!« Rob war wohl ihr Bruder und, wie Charles ihr erzählt hatte, mit den Gideons auch gut befreundet. Sarah hatte ihn noch nicht zu Gesicht bekommen. »Warum steht ihr denn alle so komisch herum und friert euch zu Tode?«
Da wurde ihr der Nerz gezeigt und von Milos Tat berichtet. Sie war darüber so erstaunt, daß sich Milo nicht besonders geschmeichelt fühlen mußte. Auf ihr lobendes »Alle Achtung, Milo« antwortete er betont bescheiden: »Nicht des Aufhebens wert, nur ein kleiner Beweis, daß ich mehr kann als bloß philosophieren.«
»Du trinkst doch mit uns Kaffee, Kate, nicht? Die paar Minuten wird sogar Rob auf den Zucker warten können. Aber erst mußt du noch meine Mandschu sehen! Sie haben sich zwar noch nicht ganz eingewöhnt, denn ich habe sie ja erst gestern bekommen. Du hast sie wohl auch noch nicht gesehen«, wendete sich Bess zu Sarah. Trotz dieser lahmen Einladung ging sie mit.
Der Stall lag noch ganz im Schatten, und das glitzernde Licht des Morgens strömte ihr jetzt entgegen wie ein Schwall silbriger Töne. Nach dem eisigen Regen und Graupeln der Nacht waren Zweige und Bäume in schimmerndes Licht getaucht, die Fasanenkäfige und Holztüren glitzerten im Reif, und die Grashalme knackten unter den Schritten. Als sie Bess erblickten, begannen die Fasanen, gänzlich unempfindlich gegen die scharfe Kälte, herumzustolzieren, in ihrer Farbigkeit ein wahrer Inbegriff lebendiger Wärme.
Die blauohrigen Mandschu waren in einem Käfig am äußersten Ende der Reihe, dicht vor den Fichten, untergebracht. Das neue mandschurische Hennchen war den übrigen Hennen auf der Farm sicher ein Dorn im Auge, denn anstelle ihrer bescheiden-bräunlichen Federkleider zeigte sein Gefieder dieselbe

zartschieferblaue Färbung und auch den gleichen Bogen weißer Federn zu beiden Seiten des Kopfes wie der Hahn, der sich nur durch seine Sporen auszeichnete. Beide stolzierten jetzt langsam und gemessen umher, würdevoll wie Damen.
»Sind sie nicht wahre Schönheiten?« Bess war ganz begeistert. Obgleich sie erst kurz vorher Wasser in die Behälter gegossen hatte, war die Oberfläche schon mit einer dünnen Eisschicht überzogen. Sie öffnete die Käfigtür und zerkrümelte das Eis. Die Mandschu zogen sich wohl etwas zurück, zeigten aber keine ängstliche Hast. »Ich weiß noch nicht, ob ihnen der Käfig hier am Ende der Reihe auch zusagen wird«, meinte Bess stirnrunzelnd, als sie die Tür wieder schloß. »Der Mann, von dem ich sie kaufte, hielt sie nämlich an einer geschützteren Stelle.«
Kate überlegte. »Du könntest ja eine Plastikfolie um den Käfig tun oder die Reeves umquartieren.«
Bess lachte laut. »Dieses Umquartieren überlasse ich aber dir. Denn dafür bedanke ich mich schönstens. Schrecklich bösartige Geschöpfe sind das! Ich habe sie nur gekauft, weil ich eine Rasse haben wollte, die schon im ersten Jahr etwas Farbe zeigt.«
Unbeachtet schlüpfte Sarah ins Haus zurück. Evelyn hatte frischen Kaffee aufgebrüht, eine ganze Reihe Tassen aufgestellt und fragte, ohne sich umzuwenden: »Kate kommt doch zum Kaffee?«
»Ja, gleich. Sie sehen sich nur noch die Mandschu an.« In dem kaum unterdrückten Frohlocken, das sie jetzt erfüllte, klang ihre Stimme ganz verändert. »Evelyn, weißt du, ob Bess Elliot-Fasanen hat?«
»Hier ist der Zucker für Kate ... Elliots? Na, natürlich. Das sind doch die dunkel-goldfarbenen drüben im Stall. Hoffentlich hast du dort nicht gefroren.«
Reeves und Elliots. Die Namen, die Charles an diesem letzten Tag vor seinem Zusammenbruch niederschrieb, bezogen sich also nicht auf Menschen, sondern waren die Namen von Fasanenrassen auf einer Farm, die zweihundertfünfzig Meilen von New York entfernt war.

8

Erst spät am Vormittag hatte Sarah Gelegenheit, Bess den Handkoffer und die goldene Uhr auszuhändigen.

Den Riß im Futter hatte sie zusammengenäht.

Als sie dann den Koffer übergab, sagte Bess: »Ich bin dir wirklich sehr dankbar, Sarah. Charles hat mir den Handkoffer nämlich im vergangenen Jahr zum Geburtstag geschenkt. Nimmst du mir die Sache wegen der Uhr auch gewiß nicht übel? Es ist ja sicher nur ein lächerlicher Familienaberglaube, aber ich bin der Ansicht, daß man an solchen Traditionen festzuhalten hat und daß die Uhr Hunter übergeben werden muß.«

Der aber allem Anschein nach niemanden haben wird, dem *er* sie einmal übergeben könnte! War das aber wirklich so ausgeschlossen? Sicher fanden Frauen diese kalten Augen in dem wettergebräunten Gesicht anziehend, und seine rauhe, unzugängliche Art hatte für manche vielleicht einen besonderen Reiz.

Auf Bess' Vorschlag war sie in ihr Zimmer gegangen. Offenbar hatte sie diese Gelegenheit gesucht, um die Frage, wer die Farm besitzen sollte, jetzt endlich zu regeln. Die rein zweckmäßige, fast klösterlich einfache Einrichtung ihres Zimmers, das ein Minimum an Pflege erforderte, war für Bess typisch. Ihre Bücher, wie Schulbücher sehr ordentlich auf dem Nachttisch aufgestapelt, behandelten lediglich Themen der Haltung von Wildvögeln in der Gefangenschaft. Der einzige Wandschmuck war ein Farbdruck, eine Wachtel mit ihrer Brut.

»Eine ziemlich schwierige Angelegenheit für uns, nicht?« Bess gab sich ganz offenherzig. »Rein geschäftliche Besprechungen in der Familie sind das ja immer. Aber einmal müssen solche Dinge doch erörtert werden. Was meinst du zu dem Preis für die Farm?«

Gespielte Offenherzigkeit ist aber eine Waffe, die auch von der Gegenseite gebraucht werden kann. In der Werbeagentur hatte Sarah gelernt, daß man lächeln kann, obgleich man vor Wut platzt, hingerissen aussieht, wenn einem auch vor unterdrücktem Gähnen die Tränen in die Augen kommen, und wie man, ohne mit der Wimper zu zucken, die abgedroschensten Phrasen des Werbejargons herunterleiern kann. Das kam ihr jetzt zugute. »Ich weiß natürlich, daß ich mich idiotisch benehme, aber siehst du, Charles hat doch an dem Besitz so sehr gehangen ... Ich bin dafür, die Dinge unverändert weiterlaufen zu lassen. Aber wenn dir das nicht paßt, könnte man sich doch auf eine Miete einigen?«

»Ja, daß Charles an der Farm gehangen hat, stimmt, aber – nimm es mir nicht übel, wenn ich dir das so offen sage – nur als Besucher. Er hat sich jedesmal, wenn er herkam, hier sehr wohl gefühlt, aber ich glaube kaum, daß es ihm je zu Bewußtsein gekommen ist, wieviel harte Arbeit in der Farm steckt. Unter normalen Umständen hätte er mich selbstverständlich überlebt, und die Frage kam daher nie zur Sprache. Trotzdem bin ich überzeugt, daß es sein Wunsch gewesen wäre, daß die Farm mir gehören sollte.«

War das wirklich so unglaublich arrogant gemeint, wie es sich anhörte? »Wenn ich *mein* Testament mache, werde ich gewiß alles klar niederlegen und jeden Punkt in Erwägung ziehen«, meinte Sarah ganz demütig.

Bess war viel zu beherrscht, um darauf zu reagieren. »Ich habe die ganze Sache nur erwähnt, weil ich ja weiß, daß du nie hier leben willst.«

»Wahrscheinlich hast du recht. Aber irgendwie war ich bis jetzt noch nicht imstande, Pläne zu machen.«

»Du wirst dich wieder verheiraten«, erklärte Bess sehr bestimmt. »Vielleicht klingt das jetzt schrecklich, aber schließlich bist du doch erst vierundzwanzig. Selbstverständlich wirst du wieder heiraten. Jedenfalls bist du erst gestern abend hier angekommen, und deshalb lassen wir die Sache am besten ruhen, bis du ein wenig Zeit gehabt hast, dich zurechtzufinden. Übrigens, hast du nicht noch etwas anderes mit mir besprechen wollen?«

Die Antwort auf diese Frage hatte Sarah sich schon vorher gut überlegt. Sie sah erst lange Zeit schweigend auf ihre Hände und sagte dann: »Vor seinem Tod wollte Charles sich von einem Psychiater behandeln lassen.«

»Einem Psychiater?« Bess sah entsetzt aus, und ihre Stimme

klang sehr erschrocken. »Ja, aber warum denn? Was war denn geschehen?«
»Ich habe es selber erst vor ein paar Tagen erfahren«, fuhr Sarah ruhig fort. »Ich habe geglaubt, daß du es mir vielleicht erklären kannst.«
Bess hatte auf ihrem Bett gesessen. Jetzt stand sie auf, ging zum Fenster und drehte Sarah den Rücken zu. »Ich kann mir einfach nicht vorstellen, wieso Charles ... Hat er dir denn keine Andeutung darüber gemacht? Und der Psychiater auch nicht?«
»Nicht die geringste.«
»Aber so etwas ist doch ganz unmöglich. Jedenfalls bei Charles. Er ist zwar mutterlos aufgewachsen, und der Tod seines Vaters hat ihn sehr erschüttert. Aber trotzdem ...«
»Hat er denn nicht sehr an seiner Stiefmutter gehangen?«
»An Nina? Ja, sehr. Wir anderen auch. Immerhin ... Das ist ja eine furchtbare Sache. Wenn man bedenkt, daß Charles sich vielleicht mit irgendeinem schrecklichen Problem abgequält hat, von dem seine Familie überhaupt nichts ahnte ...«
Der Hieb hat aber gesessen, dachte Sarah ironisch. Ihr Stichwort war gefallen, sie stand auf. »Ich komme in ein paar Minuten nach«, sagte Bess sehr ernst und wollte damit wahrscheinlich andeuten, daß die Sache Sarah wohl nicht so tief berührte, daß aber sie selber Sammlung brauchte, um über diesen neuerlichen Schock hinwegzukommen. Bess öffnete ihr die Tür mit einem solchen Ruck, daß der Luftzug auch die Tür gegenüber aufriß. Sie sah in ein Schlafzimmer.
Rein instinktiv wußte sie augenblicklich, daß das Milos und Evelyns Schlafzimmer sein mußte. Denn Hunter hätte in diesem Durcheinander niemals existieren können. In dem kurzen Augenblick sah sie aber nur eine Staffelei mit einem sehr dilettantischen Porträt einer sitzenden Frau, die im Begriff war, ihr Haar zu waschen. Sie bemerkte noch eine Waschschüssel und irgendeinen Gegenstand im Hintergrund. Der Anblick dieser gemalten Flut rotgoldenen Haars hatte etwas Faszinierendes. Die Perspektive war unmöglich, die Konturen hölzern, aber das Haar hatte leuchtendes Leben.
Bess, hinter ihr, schöpfte laut Luft. Entweder vor Erstaunen,

denn das Porträt sah noch neu und unvollendet aus, oder vor Ärger über ihre eigene Hast. Aber ihre Stimme klang beherrscht: »Milo ist zwar kein besonderer Künstler, aber das ist wohl ein Porträt von Nina. Ihr Haar war wirklich wunderbar. Gib auf den Teppich auf der Treppe acht, Sarah. Der rutscht nämlich an manchen Stellen, und ich habe ständig Angst, daß jemand stürzen könnte.«
Ganz mechanisch hatte Sarah in ihrer Phantasie Charles' Stiefmutter immer mit einem üppigen, trostspendenden Busen, einer großen Portion Verständnis und Vernunft und sogar mit einem leichten Geruch nach Lavendelwasser ausgestattet. Aber wie Milos Porträt zeigte, war Nina Trafton offenbar kaum älter als Charles gewesen, ihr Busen war gewiß kein Ruhekissen für trostbedürftige Stiefsöhne, und sie war wahrscheinlich weitaus mehr auf Lanvin-Parfums eingestellt gewesen als auf Lavendeldüfte.

Mit Evelyn war etwas vorgegangen. Als Sarah zu ihr in die Küche kam, wich sie ihrem Blick aus. »Magst du gerne Thunfisch?«
»Ja«, antwortete Sarah gedankenlos, fuhr aber dann gleich berechnend fort: »Ich habe eben mit Bess gesprochen. Mrs. Traftons Tod – ich meine Charles' Stiefmutter – muß sicher ein schwerer Schlag für euch gewesen sein.«
»Ja, natürlich . . .«
»War sie eigentlich lange krank?« fragte Sarah weiter, und Evelyn sah sie jetzt ganz erleichtert an. »Nein, das nicht, aber sie war nicht sehr robust, und als dann Lungenentzündung dazu kam, hat uns der Arzt gleich gewarnt. Sie hat nämlich schon früher mal etwas mit der Lunge gehabt, und ich glaube, der Doktor war sogar erstaunt, daß sie sich überhaupt . . . sei so gut, gib mir die Schale.«
Sarah gab sie ihr und wiederholte einladend: »Daß sie sich überhaupt . . . was?« aber Evelyn hatte ihre Beredsamkeit auf einmal wieder verloren. »Erholt hat«, brummte sie nur kurz. Offensichtlich war das nur aufs Geratewohl hingesagt, und demnach war diese Unterhaltung für Evelyn wenig erfreulich, da sie sich um eine Person drehte, die ihr Mann gemalt hatte.

Trotzdem schien sie eigentlich nicht wirklich ärgerlich, sondern machte eher den Eindruck, als hätte ihr jemand das Reden verboten. Sarah sah ihr zu, wie sie die Nudeln in kochendes Wasser warf und dann Butter in eine große Kasserolle tat. »War Charles damals hier auf der Farm?«
»O ja. Er arbeitete gerade in der Bostoner Filiale und kam gewöhnlich zum Wochenende hier heraus. Als es mit ihr zu Ende ging, fuhr er sogar jeden Abend mit dem Zug her. Er hat ja Nina vergöttert, und ich glaube, er hat gewußt, daß sie doch nicht mehr gesund wird.«
Vergöttert? Ein merkwürdiges Wort für die Beziehung zwischen Gleichaltrigen. Denn die Frau auf dem Porträt konnte kaum mehr als höchstens fünf bis sechs Jahre älter als Charles gewesen sein. Sarah stand so lange schweigend da, bis die Nudeln anfingen überzukochen. Trotz aller neuen Mittel starben ja Menschen immer noch an Lungenentzündung. Abgesehen davon würden gewisse Dinge – Sarah war über die Richtung, die ihre Gedanken eingeschlagen hatten, entsetzt – in einem so kleinen Ort niemals vorgekommen sein. Die Tatsache, daß die Frau, die Nina Trafton gepflegt hatte, einem Mord zum Opfer gefallen war, mußte lediglich eine unglückselige Verquickung von Umständen sein.
Dann bemerkte sie, daß Evelyn ihr während des Kochens mehrmals mißtrauische Blicke zuwarf. Anscheinend wußte Evelyn etwas Interessantes, durfte es aber nicht verraten. Gab es eine Möglichkeit, diese aufgezwungene Zurückhaltung ins Wanken zu bringen?
»War sie mit Charles' Vater lange verheiratet gewesen?« Aber auch diese Frage brachte kein Resultat. »Ungefähr drei Jahre lang.« Evelyns Antwort klang ganz uninteressiert.
»Für jemanden, der's mit der Lunge zu tun hat, ist aber das Klima hier nicht gerade gesund, meinst du nicht auch? Doch schließlich stammte sie ja aus der Gegend.«
Evelyns Augenlider mit den sandfarbenen Wimpern waren gesenkt. »Das stimmt doch gar nicht. Sie kam irgendwo aus dem Westen. Charles' Vater lernte sie kennen, als sie hier bei Verwandten zu Besuch war . . . ihr Mädchenname war Nina Clemence.«

Dicht hinter sich und so plötzlich, daß er sicher schon länger dort gestanden haben mußte, hörte Sarah Milos Stimme: »Lernst du kochen, Sarah? Oder dürfen wir am Ende gar hoffen, daß du Evelyn etwas beibringen willst?«
War dieser Mensch denn nie imstande, etwas zu sagen, das nicht verletzend klang? Evelyn lächelte unterwürfig, und Sarah machte einen Schritt zur Seite. »O nein. Wir haben nur einen kleinen Klatsch gehabt. Frauen lieben das doch«, erklärte sie mit Unschuldsmiene.
Milo sah sie scharf und prüfend an. »Hoffentlich hast du uns viel interessanten Klatsch mitgebracht. Hier auf dem Land kriegt man ja so etwas nie zu hören.«
»Du scheinst schon lange keinen Krimi gelesen zu haben. Denn sonst müßtest du wissen, daß die Stadt auf diesem Gebiet niemals mit dem Land konkurrieren kann.«

Weshalb hatte Charles ihr eigentlich nie erzählt, daß seine Stiefmutter mit Kate Clemence verwandt war?
Bess war nirgends zu sehen. Sarah zog ihren Mantel an, nahm sich Zigaretten mit und ging aus dem Haus. Draußen war alles noch immer in grauer, glitzernder Kälte erstarrt. Sie stattete den schönen, bösen Reeves einen Besuch ab, die ihre prächtigen Schwanzfedern wie eine schillernde Schleppe hinter sich herzogen, und besah sich dann die gedrungenen, weißbrüstigen Elliots, die sich aber genauso unzugänglich zeigten.
Welcher Name hatte wohl zwischen Reeves und Elliot in Charles' Notizbuch gestanden? Japanische Kupfer- oder Silberfasanen oder Lady Amherst? Sicher war er nur ausgestrichen worden, weil er Charles unmittelbar vor seinem Zusammenbruch unwichtig erschienen war.
Mit der Zucht oder dem Verkauf von Fasanen hatte das gewiß nichts zu tun, denn mit diesen Dingen, die ja Bess' Domäne waren, hatte Charles sich nie beschäftigt und sich auch gar nicht für sie interessiert. Bess hatte von der harten Arbeit gesprochen, die hier – während des Winters mehr noch als während des Sommers – notwenig war. Sarah wußte, daß das Gut kein Luxusbesitz, sondern, schon der Steuern wegen, eine Farm war, die auf Profit eingestellt sein

mußte, und daß Milo darauf zu sehen hatte, daß alle Ausgaben gedeckt wurden.
Der jährliche Ertrag der Fasanenbrut allein war erstaunlich hoch und ergab durchschnittlich etwa achtzig Küken. Das Heu auf den großen Wiesen hinter dem Haus wurde immer gemäht und verkauft, und die winzigen gefleckten Eier der japanischen Königswachteln gingen in regelmäßigen Lieferungen an Feinschmecker in Newport, Miami und Bar Harbor ab. Bess hielt sich ständig einen Vorrat fürs Haus im Eisschrank, und die Eier wurden in Essig und im Saft roter Rüben eingesäuert und auf Zahnstochern aufgespießt zu Cocktails serviert. Sie waren zwar kaum größer als Rotkehlcheneier, aber, verglichen mit einem Hühnerei, eine wahre Delikatesse.
Jetzt war sie bei der Hickoryeiche angelangt, wo Charles und sie sich damals – auf der Flucht vor Evelyns Aufdringlichkeit – Zigaretten angezündet hatten. Ihre Ohren brannten von der Kälte, und sie griff unwillkürlich nach dem Schal in der Manteltasche, fand aber keinen, sondern nur ein Paket Zigaretten. Der Schal – und dann der Felsenhang! Geisterhaft, als hätte Erinnerung ihn gerufen, fuhr ein Windstoß durch die reifbedeckten Zweige über ihr, daß sie leise knirschend aneinanderstießen.
Durch die kahlen Zweige der Birken, Espen und Hickoryeichen sah sie jetzt auch den Felsabhang, der damals vom sommerlichen Blattwerk verborgen war. Es war gut möglich, daß jemand ungesehen das Spiel des Windes mit ihrem Schal beobachtet hatte und vielleicht später zu Charles die Bemerkung fallen ließ: »Natürlich war's nur im Spaß gemeint, aber sie hat dir den Schal sicher ins Gesicht geworfen . . .«
Jetzt wurde ihr auf einmal etwas ganz klar: daß die Ursache für Charles' Alpträume nur hier zu finden war und daß sie viel weiter zurücklag als ihre erste Begegnung mit ihm. Warum hätte er sonst in seinem Notizbuch für rein geschäftliche Verabredungen die Namen von drei Fasanenrassen notiert und dann den mittleren wieder ausgestrichen? Die Sache mußte auch mit seiner Stiefmutter zusammenhängen, denn weshalb hätte dieser sonst so offenherzige und unkomplizierte Mensch sogar den Mädchennamen der Frau so geflis-

sentlich vor ihr geheimgehalten?
Aber jetzt Vorsicht und keine Erinnerungslücken! Erstens: sein gespannter Ausdruck, als ihm Kate Clemence damals, bei ihrem ersten Besuch auf der Farm, erzählt hatte, daß die auf der Nerzfarm ermordet aufgefundene Frau die Krankenschwester, Miss Braceway, gewesen sei. Zweitens: in New York, nach ihrer Heirat, sein tiefer, traumloser Schlaf der Erleichterung nach der Nachricht, daß der Mörder gefunden worden sei.
Da zwischen ihm und Miss Braceway keinerlei persönliche Bindung bestanden hatte, konnte das nur bedeuten, daß diese Nachricht ihn von einer verborgenen Angst befreit hatte. Etwa der Angst, daß eine gewisse Person die Tat begangen hatte? Oder daß eine gewisse Person Grund zu der Tat gehabt hätte? Seine Entspannung und die Pause in seinen Alpträumen dauerten nur zwei Tage an. Wenn also diese Ruhepause das Resultat einer Nachricht von der Farm war, mußte logischerweise eine zweite Nachricht aus derselben Quelle diese Ruhe wieder zunichte gemacht haben. Und während dieser merkwürdigen Woche, deren Erinnerung schon halb ausgelöscht war, hatte sie auf der Straße zweimal gemeint, ein bekanntes Gesicht aus Preston zu sehen. Das erstemal war's Hunter und dann Harry Brendan gewesen, und Milos Hornbrille war ihr vermeintlich noch viel öfter begegnet. Diese fortgesetzten Täuschungen hatte sie damals auf den Zustand ihrer Nerven zurückgeführt. Aber jetzt dachte sie anders darüber.
Angenommen – solche Annahmen waren zwar gefährlich und gänzlich aus der Luft gegriffen – aber angenommen, daß jemand zu Charles gekommen war und ihm erzählt hatte, daß Peck von der Polizei entlassen wurde, weil er für die fragliche Zeit ein einwandfreies Alibi besaß?
Damit wäre die ganze Frage wieder von neuem aufgerollt worden – für Charles ein schrecklicher Schlag, denn das bedeutete, daß Menschen, die ihm sehr nahestanden, in diese Sache verwickelt werden konnten.
Aber das alles war noch immer keine zureichende Erklärung für die Dinge, die er dem Psychiater erzählt hatte. Abgesehen von einer Erklärung, die Sarah allerdings unwahrscheinlich

erschien: nämlich daß Charles wirklich vor jemandem Angst gehabt hatte, wirklich wußte, daß er Hilfe brauchte, wenn seine Ehe nicht in die Brüche gehen sollte, aber im letzten Moment – schon in Vollmers Sprechzimmer – Sarah vorschob, um die Tatsache einer weitaus schlimmeren Gefahr für ihn zu verschleiern.
Aber was konnte denn schlimmer sein als die Überzeugung, daß seine eigene Frau plante, ihn in einen Abgrund hinunterzustürzen?
Sarah ging rasch ins Haus zurück; ihr brannte das Gesicht von der Kälte. Daß eine so grauenhafte Angst von seiner Familie und nahestehenden Freunden gänzlich unbemerkt geblieben war, schien kaum denkbar. Wenn das aber nicht der Fall war, dann war auch ihr Schweigen über den Grund seines Selbstmords nicht Takt, sondern Absicht. Der Wunsch, ihr alle Verantwortung zuzuschieben.
Wenn sie damals vielleicht nicht erkannt hatte, daß Charles sich selber eine tödliche Gefahr bedeutet hatte – jetzt war sie davon überzeugt.

Wenn Bess Gideon von Sorgen bedrückt war, konnte man ihr das während des Lunchs gewiß nicht anmerken. Sie erzählte Sarah, daß Kate angerufen hätte. Sie erwartete Harry Brendan zum Wochenende und hatte alle zum Cocktail eingeladen. Aus der Art, wie Bess sich ausdrückte, ging hervor, daß Harry Brendan jetzt Kates Privatbesitz geworden war, den sie aber bereitwillig mit den anderen teilen wollte.
Trotzdem war Sarah sicher – das leichte Unbehagen, das sie verspürte, war gewiß nur die Folge von Evelyns unvorstellbar scheußlichem Eintopfgericht – daß Harry Brendan ihr auch jetzt noch die Wahrheit sagen würde, wenn er sie selber wußte. Sie war fest davon überzeugt. Allerdings nur, bis sie später am Abend mit ihm sprach.

9

»Du kennst doch Rob«, hatte Kate Clemence kürzlich halb ironisch erklärt, und Bess hatte darauf geantwortet: »Selbst Rob kann fünf Minuten lang warten.« Als sie nun kurz nach sechs Kates Bruder zum erstenmal sah, wurden ihr diese Bemerkungen verständlich.

Beim Betreten des Wohnzimmers sah sie einen Augenblick lang eine Gestalt im Morgenrock. Alles sprach durcheinander über die Kälte und die Aussichten auf neuerliche Schneefälle. Als Sarah Harry Brendans Blick fühlte, war ihr Schreck genauso intensiv wie beim allerersten Mal. Dann wurde ihr Rob Clemence vorgestellt.

Sie war der Meinung gewesen, er hätte ein chronisches Leiden oder sei von einer schweren Erkrankung geschwächt. Der Morgenrock und sein leichtes, müdes Hinken schienen das zu bestätigen. Er war wesentlich älter als Kate, hatte eine viel hellere Hautfarbe und blondes Haar, das ihm lockig weit in die sommersprossige Stirn wuchs. Ungezügeltes Temperament oder physische Schmerzen hatten ihm das Gesicht so tief gefurcht, daß seine Wangen wie vernarbt aussahen. Er schien sich zwar über den Besuch der Gideons zu freuen, doch hätte Sarah sich nicht gewundert, wenn die hervortretenden Muskeln an diesem eckigen Kiefer sich in einem plötzlichen Anfall von Jähzorn gespannt hätten. Sarah hatte noch nie einen so übernervösen Menschen gesehen.

Er sah sie rasch und prüfend an und blickte ihr dann forschend ins Gesicht. »Hm, sieh mal einer an«, sagte er und zog die Augenbrauen hoch. »War denn Charles nicht ganz bei Trost?«

Sein ungehobeltes Benehmen brachte Sarah völlig aus der Fassung. Sie war genauso groß wie er. Bei ihrer Gegenfrage »Wann eigentlich, Mr. Clemence?« kicherte jemand im Hintergrund, wahrscheinlich Milo. Dann spürte sie einen leisen Druck auf dem Handgelenk, und Harry Brendan sagte leichthin, aber mit wütendem Gesicht: »In meinen Kreisen ist die erste Frage an eine Dame, die zu Besuch kommt, ob man ihr nicht etwas anbieten darf.«

Rob Clemence verbeugte sich leicht. »Ich bitte um Entschuldigung. Kate behauptet, daß ich die unmöglichsten Manieren habe, Mrs. Trafton. Wahrscheinlich hat sie recht. Was darf ich Ihnen also anbieten?«

Er hatte natürlich mit einer Ablehnung gerechnet und erwartet, sich als Spielverderber und schmollendes Kind fühlen zu dürfen. »Bourbon, bitte, wenn Sie den haben«, antwortete Sarah mit sehr viel Haltung und ließ ihn stehen.

Kate reichte trockene Biskuits und Käsewürfel herum, und Hunter ging hinaus, um Rob bei den Drinks zu helfen. Dann kam endlich ein Gespräch in Gang, das sich erst auf die Erhöhung der städtischen Steuern konzentrierte, dann auf eine Schauspielerin überging, die in der Gegend ein Sommerhaus besaß und vor kurzem zum drittenmal eine Überdosis Schlafmittel geschluckt hatte, und das schließlich ganz sprunghaft zu einer Diskussion über ferngesteuerte Raketengeschosse führte. Während der Unterhaltung ließ sich Sarah von ihrem Ärger nichts anmerken.

Bess hatte gewußt, daß hier eine Falle auf sie lauerte, ebenso wie Milo. Seine Reaktion hatte das bewiesen. Aber aus welchem Grund? Sie zu demütigen, weil sie angeblich an Charles' Tod schuld war? Oder handelte es sich lediglich um einen Ausbruch der Verbitterung, den man einem Rekonvaleszenten nicht übelnehmen durfte?

Auf diese Frage gab ihr Rob selbst scheinbar Antwort, als er sich einen Augenblick lang gegen ihren Stuhl lehnte und sie fragte: »Haben Sie sich schon einmal die Hüfte gebrochen? Die Heilung ist eine wahre Tortur. Wenn man endlich meint, daß dieses blödsinnige Gehumpel vorüber ist und man wieder auf zwei Beinen stehen kann, fängt der ganze Dreck wieder von vorne an. Ich war Pilot bei einer Fluggesellschaft und muß jetzt in Pantoffeln herumlaufen.«

Das war das Friedensangebot, das man annehmen mußte. »Haben Sie einen Unfall gehabt?«

»Ja. Aber keinen Absturz. Einen Autounfall.« Die leichthin gegebene Antwort klang trotzdem noch wütend.

Plötzlich nahm ihr jemand ihr leeres Glas aus der Hand. Hunter stand über sie gebeugt und sah auf sie hinunter. Sein barsches Gesicht war besorgt. »Fehlt dir nichts?«

»Nein, danke. Mir geht's gut.« Erst als er mit dem Glas in der Hand wieder verschwand, merkte sie, daß sie ganz allein dasaß. Milo hatte sein Glas zum Fenster mitgenommen, stand mit dem Rücken zum Zimmer und sah hin aus. Rob Clemence, der einer von Evelyns langatmigen, vertraulich geflüsterten Erzählungen zuhören mußte, sah so friedlich aus wie eine laut tickende Zeitbombe, und Bess wendete Seite um Seite eines schönen und kostbaren Buches über Archäologie. Harry Brendan und Kate saßen etwas abgesondert, betrachteten ihre Drinks und sprachen von Zeit zu Zeit leise miteinander. Als sich Evelyn plötzlich selbst unterbrach und erschrocken ausrief: »Soll das heißen, daß es wirklich schon sieben Uhr ist? Ach du lieber Gott, dann muß ich aber hinüber und nach dem Essen sehen«, stand Sarah sofort auf.

»Warum soll *ich* denn nicht nachsehen? Was muß ich tun?«

»Aber das kann ich dir doch nicht ... Na also, wenn du unbedingt willst«, gab Evelyn sehr zufrieden nach.

Es hatte zu schneien begonnen, und der Boden war schon mit einer dünnen, knisternden Schneeschicht bedeckt. Sarah ging durch die Kälte quer über den Rasen, durch die Fliederhecke und dann über den langen, dunklen Hang, den das Licht aus dem Farmhaus nicht erreichte. Der Schnee glitzerte zauberhaft und sah im Lichtschein aus dem Küchenfenster gar nicht weiß, sondern silbrig aus.

Der Topf auf dem Herd brodelte laut – in dem stillen Haus das einzige Geräusch. Ungeschickt stieß sie eine Flasche um. Warum war sie plötzlich so ängstlich und unsicher? Doch nicht wegen der vorhin aufgefangenen paar Worte eines Gesprächs? – als Rob Clemence leise zu Bess gesagt hatte » ... ich glaube, du irrst dich. Für Menschen wie Peck gibt es diese Regeln nicht. Die halten uns nur für Idioten, weil wir so was tun.« Und dann Bess: » ... ist alles schön und gut, aber was würdest *du* getan haben?«

Also wieder Peck! Peck, der eine Zeitlang für den Mörder gehalten wurde. Peck, der durchs Küchenfenster geschaut hatte. Sarah wandte hilflos den Kopf und sah durch die beschlagenen Scheiben auf die immer weißer werdenden Fliederzweige hinaus.

Dann ging die Küchentür lautlos auf. Sie konnte sich vor Erstaunen kaum fassen, als Harry Brendan auf sie zukam und sie ohne Umstände einfach in die Arme nahm.
Aus dem ersten Aufatmen bei der Frage »Ja, aber wer anders hätte denn kommen können?« und der Antwort »Peck, dieser schreckliche Kerl« wurde ein zaudernder Kuß, der ihr erst Beruhigung und Gleichgewicht gab und sie dann entflammte. Harry sagte erstickt: »Gerade *das* hätte ich damals, als wir uns in New York verabschiedeten, so gern tun wollen.« Als die Küche wieder feste Form annahm, meinte Sarah genauso erstickt: »Das Essen kocht über.«
Sie wandte sich dem Herd zu, nahm noch etwas zittrig den Deckel vom Topf und drehte die Flamme kleiner. Aber mitten in das unbeschreibliche Gefühl physischer und seelischer Leichtigkeit brach die warnende Erinnerung an Bess' Worte. Harry und Kate ... Harry und Kate ...
Hinter sich hörte sie Harrys merkwürdig unbeherrschte Stimme: »Jetzt glaube ich aber, daß wir uns einen Drink ehrlich verdient haben.« Dann ging er Eiswürfel holen.
»Aber wir sollten doch eigentlich wieder zurückgehen.«
»Tun wir aber nicht. Wer soll sich denn hier um das Essen kümmern, wenn wir's nicht tun?« Er drehte das Licht in der kleinen Anrichte zwischen Küche und Eßzimmer an, und die Dohle in ihrem Käfig begrüßte ihn mit einem gekrächzten »Hallo, Milo«, tauchte dann ihren Kopf sofort wieder in ihre Federn und schlief weiter.
»Also, was geht hier eigentlich vor?« fragte Harry, als er die Drinks auf den Küchentisch gestellt hatte. »Sie sehen ja wie ein Gespenst aus, und dafür kann Evelyns Kochkunst nicht allein verantwortlich gemacht werden. Und Milo sind Sie doch wirklich mehr als gewachsen. Also ist's Hunter? Oder Bess?«
Sarah hatte ihren Drink nicht berührt und stocherte nur mit dem Finger in dem Eis herum, während sie ihm alles ganz ruhig erzählte. Sie behielt nichts für sich – unter den Umständen wäre das ja unmöglich gewesen – und nachdem sie ausgeredet hatte, schüttelte er den dunklen Kopf.
»Kein Wunder, daß Sie so ... Sehen wir uns die Sache jetzt einmal näher an. Also erstens: Nina war mit Rob und Kate

entfernt verwandt – und das nur durch die Heirat – daß ich nicht glaube, daß Charles überhaupt je an diese verwandtschaftliche Beziehung gedacht hat. Als sein Vater Nina heiratete, war Charles schon dreißig und sie sechsunddreißig Jahre alt.«

Das Brodeln des Topfes schien aus einer anderen Welt zu kommen. »Die Verbindung zwischen den beiden war das sprichwörtliche Idyll zwischen Frühling und Winter. Edward Trafton war ein merkwürdiger Kerl, der jahrelang einsam und verbittert gelebt hatte. Mit Nina kam für ihn ein völliger Umschwung. Und weil der Altersunterschied zwischen Nina und Charles so gering war, hatte sie auch für seine Interessen vollstes Verständnis. Er hatte vorher seinen Vater noch nie wirklich glücklich gesehen, und nach dem Herzanfall und seinem Tod war ihm wenigstens diese Erinnerung geblieben. Die Verbindung zwischen Charles und Nina war nachher enger denn je, so daß ihr Tod . . .«

Er sprach mit immer längeren Pausen, und dann versiegten seine Worte, als hätte er ganz vergessen, daß er überhaupt geredet hatte und daß Sarah ihm noch gegenüber saß. Das Glas, aus dem sie noch immer nicht getrunken hatte, fühlte sich naß und sehr kalt an, und sie hielt es krampfhaft fest. Mit dem Bewußtsein, daß sie damit zu weit ging, fragte sie: »Ist sie an Lungenentzündung gestorben?« Seine Antwort, als er jetzt die gesenkten Lider hob und sie ansah, kam wie ein Schlag: »Nein.«

Sarah stand auf, ging wie blind zum Spülbecken, und nach ein paar Augenblicken des Schweigens sprach Harry in ruhigem Ton weiter.

»Nina Traftons Stolz auf ihr schönes Haar war nur begreiflich, denn diese prachtvolle, goldene Flut war schon mehr als einmal von Künstlern gemalt worden. Nach drei Wochen der Krankheit und hoher Temperatur – sie wollte nicht ins Krankenhaus – bestand sie wie ein unvernünftiges Kind darauf, ihr Haar zu waschen.

An einem Nachmittag im Februar, als außer der Krankenschwester niemand im Haus war, setzte sie ihren Willen durch. Vom Fieber und den vielen Medikamenten geschwächt, war sie trotz der Warnung des Arztes im Nachthemd ins Badezimmer gegangen und hatte sich einen hohen Stuhl vors Waschbecken gerückt. Dann hatte sie sich ein Handtuch mit einer Sicherheitsnadel um den Hals festgesteckt, eine Shampooflasche auf das Glasbord über dem Bekken gestellt und das Wasser einlaufen lassen. Dann beugte sie den Kopf nieder, so daß ihr Haar vom Wasser bespült wurde. Dabei stieß sie aber so heftig gegen den Wasserhahn, daß ihr Gesicht unter das Wasser tauchte und ihr Kopf im Becken liegen blieb.«

Sarah hatte sich nicht vom Spültisch abgekehrt, sie konnte sich überhaupt nicht bewegen. Milos Porträt stellte also Nina dar, wie sie sich gerade das Haar waschen wollte. Eine schauderhafte Vorstellung, die Milo aber in ein gänzlich neues, sehr verdächtiges Licht setzte. Kein Wunder, daß Bess so plötzlich nach Luft geschnappt hatte, als seine Zimmertür vom Zug aufgerissen wurde und sie die Staffelei sah. In das lange Schweigen kam jetzt Sarahs Frage: »Wo war denn die Krankenschwester geblieben?«

»Hat geschlafen«, sagte Harry Brendan kurz. »Später hat sie dann behauptet, daß jemand ein Schlafmittel in ihren Tee getan haben müsse. Aber der Mann von der Wäscherei, der an dem Tag zum Haus gekommen war, sagte aus, daß er sie oben herumgehen sah.«

Bei diesen Worten wandte Sarah sich um und sah Harry ungläubig an. Dieses schreckliche Ereignis hatte sich doch erst vor so kurzer Zeit abgespielt, aber als Miss Braceway ermordet wurde, hatten trotzdem alle diese Menschen hier nur verständnislos die Köpfe geschüttelt, ohne zu begreifen, weshalb Charles sich so darüber aufgeregt hatte. Ihr war zumute, als sei sie in die Gesellschaft harmloser Irrer geraten, die fest darauf bestanden, daß die Kobra in ihrer Mitte eine unschuldige Blindschleiche sei – bis Harry mit seiner Erzählung fortfuhr.

»Jemand hatte wenigstens die Geistesgegenwart gehabt, Miss Braceways Teetasse aufzubewahren. Aber der Bodensatz hatte sich nur als reiner Tee erwiesen. Da ihre Ablösung am Abend vorher nicht gekommen war, hatte Miss Braceway vierundzwanzig Stunden lang ununterbrochen Dienst getan. War es nicht ganz natürlich, daß sie erst zu ihrer Patientin hineinsah, die vorgab, fest zu schlafen, und sich dann für ein paar Minuten aufs Ohr legte? Zwar stimmte die in Frage kommende Zeit nicht mit der Aussage des Wäschemannes überein, aber die ungerafft hängenden Gardinen in zwei Zimmern im ersten Stock waren aus dünnem weißen Tüll, und in dem alten Gebäude mochte die ständige Zugluft wohl den einen oder anderen Vorhang hin und her geweht haben, so daß jemand, der vom Rasen hinaufsah, den Eindruck einer sich bewegenden Gestalt in einem weißen Kittel erhielt.

Nachdem der erste Schreck überwunden war, hatte niemand die Krankenschwester beschuldigt. Sie stand in einem ausgezeichneten Ruf und hatte sich bei der Pflege ihrer Patienten völlig verausgabt, und wenn sie auch wußte, daß die Launen weiblicher Eitelkeit genauso unberechenbar sind wie die Wünsche fiebriger Patienten, hatte sie nicht mit Ninas Sturheit gerechnet. Es war daher nicht verwunderlich, daß sie als eine berufstätige Frau, deren Existenz von ihrem makellosen Ruf abhing, darauf bestand, daß man ihr ein Schlafmittel gegeben haben mußte – etwas, das Nina ohne weiteres zuzutrauen war . . .

. . . Ich glaube gar, ich habe Ihr Glas ausgetrunken. Und jetzt sagen Sie mir das rasch sechsmal nach«, schloß Harry, aber sein leichter Ton klang sehr gezwungen.

»Milos Porträt stellt Nina dar, wie sie gerade dabei ist, sich das Haar zu waschen.«

»Milos Porträt?« Die plötzlichen Runzeln auf Harrys Stirn glätteten sich rasch. »Ach ja, ich weiß, daß sie ihm vor ihrer Krankheit ein paarmal gesessen hat. Sie war immer geschmeichelt, wenn man sie mit gelöstem Haar malte, und Milo hält sich ja für einen Künstler. Wahrscheinlich hat er nachher einer solchen tragischen Nuance nicht widerstehen können und damit vielleicht sogar eine intimere Beziehung zu seinem Modell andeuten wollen. Was das betrifft, glaube ich übrigens, daß Nina jedem Mann für kurze Zeit den Kopf verdreht hat.«

Natürlich. Kein Wunder, daß er jetzt beim bloßen Erzählen so blaß wurde. Sarah ging wieder zum Herd und starrte, ohne richtig zu sehen, in den Topf. Sie konnte sich nicht beherr-

schen und platzte heraus: »Für ihren Mann muß das ja einfach wunderbar gewesen sein!«
Hinter ihr herrschte absolute Stille. Sie wagte nicht, den Kopf zu wenden, traute weder Harry noch sich selber und sagte bloß: »Bitte, sagen Sie Evelyn, daß ich die Brötchen in die Röhre gestellt habe.« Nach einer ziemlichen Weile spürte sie, wie sich die Küchentür lautlos schloß, mit einer Lautlosigkeit, die auf mühsame Beherrschung deutete. Sie war jetzt allein im Haus.
Da hatte sie also den Beweis, daß die Geschichte, die Charles so unbedingt für sich behalten hatte, noch immer nicht ans Tageslicht kommen durfte, ganz gleichgültig, ob das für sie wichtig war oder nicht. Und daß Miss Braceway und Charles tot waren, war gänzlich unwichtig. Wenn es sich um eine Nina Trafton handelte . . .
Sarah stellte den Ofen für die Brötchen auf Hitze ein und mußte dabei denken, daß Evelyn, wenn man ihr das überlassen hätte, dem Fischgericht wahrscheinlich Johannisbeergelee oder saure Sahne oder etwas ähnlich Schauerliches hinzugefügt hätte. Was immer Harry Brendan während dieses aufregenden Zwischenspiels noch erreicht haben mochte – eines stand fest: Pecks Schreckgespenst hatte er ausgetrieben. Als sie jetzt auf die beschlagenen Fenster blickte, sah sie statt Milos hölzern gemaltem Abklatsch die wirkliche Nina mit solcher Lebendigkeit, wie sie sie oft Kinder mit ein paar Farbstiften hervorbringen.
Ein Handtuch um den Hals, hatte Harry erzählt. Aber Sarah konnte sich nicht an ein solches Handtuch erinnern. Vielleicht hatte Milo das aus ästhetischen Gründen weggelassen, oder waren das etwa die weißen Falten gewesen?
Soweit war sie nun gekommen; aber jetzt wußte sie nicht mehr weiter. Sich in anderer Leute Schlafzimmer einzuschleichen war nicht gerade das richtige Benehmen für einen Gast, aber hier hielt man sich ja nicht so streng an solche Regeln. Sarah lief rasch durchs Haus, die Treppen hinauf, bis zu Milos Tür. Dabei mußte sie ihren Mut so sehr zusammennehmen, als stünde ihr die schrecklichste Gefahr bevor und nicht eine an sich nur peinliche Situation, wenn sie einer hier ertappt hätte.

Dann sah sie Ninas Bild, wie sie auf einem weißen Stuhl ohne Lehne saß, den leuchtenden Kopf für immer über das Waschbecken gebeugt, in dem sie den Tod gefunden hatte. Sie trug ein lichtblaues Nachtgewand mit Puffärmeln und hatte kein Handtuch um den Hals gebunden. Offenbar waren Milo seit dem heutigen Morgen neue Einfälle zu dem Porträt gekommen, denn an der rechten Seite der Leinwand, fast am oberen Rand, war jetzt eine Stelle des blauen Hintergrunds mit einem grellgrünen, sehr deutlich sichtbaren Farbfleck übermalt.
Sarah griff blitzschnell nach dem Lichtschalter. Ihre überreizten Sinne hatten ihr das Geräusch heimkehrender Stimmen vorgegaukelt, und in einem Augenblick wilden Schreckens war sie überzeugt, daß sie vom Treppenabsatz das Gesicht eines Mannes sehen müßte, der unten wutentbrannt auf sie wartete. Vielleicht Milos Gesicht ohne den gewohnten Ausdruck der Bosheit und Verstecktheit, oder Hunter mit seinen kalten Augen, oder gar Rob Clemence, der ihr mit zügelloser Wut die Treppen hinauf entgegeneilte?
Tatsächlich war überhaupt nichts zu hören und kein Mensch im Haus, bis sie längst wieder in der Küche stand, die Brötchen in die Röhre geschoben hatte und eben im Begriff war, die Ofentür zu schließen. Evelyn war den anderen vorausgegangen, dankte ihr mit überschwenglichen Worten, kostete den Eintopf und tat sofort eine Menge unglaublicher Dinge in den Topf. Sarah war sprachlos, als Evelyn sie naiv fragte: »Was meinst du zu ein paar Gewürznelken?«
Was immer auf Milos Porträt jetzt auch ausgelöscht oder hinzugefügt und dann übermalt worden war – eines stand einwandfrei fest: daß es etwas war, das sich über und hinter Ninas Kopf befunden hatte.

10

Peck erschien am nächsten Morgen nicht auf der Farm, obwohl das Hühnerhaus und die Fasanenkäfige die jeden Sonnabend notwendige Reinigung brauchten. Sarah hatte den Verdacht, daß Bess darüber ganz froh war, obgleich das für sie mehr Arbeit bedeutete; denn damit hatte sie die beste Gelegenheit, zu beweisen, daß das Leben auf einer solchen Farm weitaus mehr war als Faulenzen vor einem offenen Kaminfeuer, glitzernd-weißer Schnee und ästhetische Freude an schönen, aber sonst gänzlich nutzlosen Vögeln.

Sie meinte zwar verärgert: »Wie ein Mensch nur so saufen kann. Und immer am Freitagabend, wenn ich ihn doch am Sonnabend am meisten brauche. Kein Wunder, daß ihn Hopkins 'rausgeschmissen hat.« Aber ihr ärgerliches Brummen klang nicht sehr überzeugend. Als sie ostentativ erst ihre Stallkleidung anzog und sich dann noch in einen Mantel wickelte, tat sie, als gelte es eine Reise in die Polarländer statt der etwa fünfzehn Meter bis zu den Ställen. Die schweren Stiefel, Stulphandschuhe und der Wollschal sollten Sarah deutlich demonstrieren: »Wenn du hier draußen leben würdest, müßtest du so was den ganzen Winter lang tun. Wie würde dir das passen?«

Milo hatte die Situation rasch durchschaut und war verschwunden. Erklärte, daß er zum Zahnarzt müßte. Hunters Lob der großen Tapferkeit, mit der er diese quälenden Schmerzen den ganzen Tag vorher lautlos ertragen hatte, rührte ihn nicht im geringsten.

Nach dem Frühstück erbot sich Sarah: »Kann ich denn nicht irgendwie helfen? Den Fasanen Wasser oder ihr Futter hinaustragen?«

Bess warf nur einen sprechenden Blick auf ihr lila Tweedkostüm. »Na, aber wirklich, Sarah. Das ist doch kaum möglich.«

»Ich habe noch einen alten Mantel hier«, erinnerte sich Sarah plötzlich. »Einen Regenmantel, den ich fürs Wochenende hier gelassen habe. Wenn jemand ein Paar Stiefel hat, die ich mir ausleihen könnte . . .?«

Daraufhin wurde ihr Schuhwerk sofort einer genauen, nicht sehr schmeichelhaften Prüfung unterzogen. Das Resultat schien zweifelhaft. Hunter erklärte todernst: »Wenn du wirklich hinaus willst und dir über die Strümpfe dicke Wollsocken anziehst, kann ich dir sicherlich ein Paar geben.«

»Du sagst, einen Mantel?« fragte Bess erstaunt. »Wo denn,

Sarah?«
»Im Gästezimmer, oben, im Wandschrank. Bemüh dich nicht, ich muß ohnehin hinauf und kann ihn mitbringen.«
»Aber dort sind doch die ganzen Möbel im Weg. Hunter . . .!«
Hunter war schon verschwunden. Bess sagte rasch: »Trink erst noch eine Tasse Kaffee, solange er heiß ist, Sarah«, und Sarah antwortete ebenso rasch: »Ja, vielen Dank, sowie ich wieder unten bin«, und lief schnell durchs Eßzimmer und die kleine Hintertreppe hinauf. So rasch sie auch war, hatte Hunter sie doch geschlagen. Als sie den Riegel der Verbindungstür zwischen Charles' Zimmer und dem Fremdenzimmer zurückschob und öffnete, um zu beweisen, daß sie ihm das Suchen nach dem Mantel ersparen wollte, stand er schon mit dem Mantel überm Arm an der geschlossenen Tür des Wandschranks.
Der Regenmantel war sehr alt und brauchte eine gründliche Reinigung, und als sie ihn sah, gab es ihr einen Ruck: sie hatte ihn getragen, als sie mit Charles das letztemal zum Wochenende auf die Farm gekommen war. Aus einer der Taschen hatte ein Eckchen ihres grünen Seidenschals herausgehangen, und Charles hatte damals behauptet, daß diese Farbe ihre Augen richtig blattgrün machte.
Wahrscheinlich hatte ihr Gesichtsausdruck sich plötzlich verändert, denn Hunter – in dem kleinen Raum riesengroß und wie eingeengt – kam rasch auf sie zu: »Was ist denn los, Sarah?«
Von unten rief Bess scharf: »Hunter? Hast du Sarahs Mantel gefunden?«
Zum erstenmal seit Sarah ihn kennengelernt hatte, schien Hunter wegen seiner Mutter gereizt und ärgerlich. Er rief ihr nur kurz zu, daß er den Mantel gefunden habe. Sarah stand erwartungsvoll da; aber falls er beabsichtigt hatte, ihr etwas anzuvertrauen, war diese Absicht jetzt verschwunden.
Aus irgendwelchen Gründen, wahrscheinlich weil er sich immer so barsch und verschlossen gezeigt hatte, war Hunter von Sarah niemals als eine mögliche Informationsquelle in Betracht gezogen worden. Seine unerwartete Frage auf der Fahrt von der Bahn hatte ihr aber zu ihrem Schrecken gezeigt,

daß er ganz genau wußte, weshalb sie eigentlich gekommen war. Charles hatte niemals viel über ihn geredet, was sie aber darauf zurückgeführt hatte, daß sich Männer im allgemeinen weniger füreinander interessieren als Frauen, oder daß es vielleicht nicht viel über ihn zu erzählen gab. Davon war sie aber jetzt nicht mehr so überzeugt.
Sie fand Bess am anderen Ende der Scheune, wie sie Wachteleier mit der Geschicklichkeit eines Croupiers aus den übereinander aufgestellten Käfigen holte. Ohne sich umzuwenden, rief sie Sarah zu, daß sie die Futternäpfe in den Stall gestellt habe. Sie solle Maiskörner hineinfüllen und wegen der großen Kälte noch etwas Weizen hinzutun. Die Näpfe würde sie dann selber wieder zurückbringen, denn sie traue den Silberfasanen nicht, wenn ihnen ein Fremder zu nahe käme, und sogar den Reeves nicht.
Schon wieder die Reeves . . .
Sarah ließ sich mit den Maiskörnern etwas Zeit und besah sich die drei Innengehege jetzt gründlicher als früher. Es waren ursprünglich Verschläge gewesen, und die kleinen Fensterchen, hoch unter dem schiefen Dach, ließen kein Licht in den rückwärtigen Teil. Aber jetzt fiel das weiße Schneelicht durch den engen Auslauf in die Käfige. Momentan war die friedliche, plumpe Silberhenne die einzige Insassin, denn sie hatte sich vor ihrem kriegerischen Gemahl versteckt und lauschte jetzt hoffnungsvoll auf das Prasseln der Maiskörner.
Bess hatte die Wassernäpfe in einer Reihe aufgestellt, damit das Wasser langsam auftauen konnte, da die Fasanen ohnehin den frisch gefallenen Schnee fraßen. Weil die Futternäpfe auch herausgenommen waren, standen alle Gehege jetzt leer – abgesehen von dem Käfig der Reeves. Hier war der Ast einer Hickoryeiche angebracht, auf dem sie hocken konnten und genügend Platz hatten, ohne ihre langen Federschleppen zu beschädigen. Sonst war weiter nichts zu sehen, nur die langen, schmalen Brutkästen und das Stroh auf dem Bretterboden. Aber die Brutkästen wurden regelmäßig gereinigt, die Streu hinausgefegt und mit frischem Stroh aus dem Bündel in der Ecke erneuert. Daher konnte also der nach Charles' Meinung hier verborgene Gegenstand, der ihm so wichtig war,

daß er seine selbst auferlegte Vorsicht ganz außer acht ließ und sich eine Notiz darüber in seinem Notizbuch machte, hier nicht mehr sein.
Aber warum eigentlich nicht? War es reiner Zufall, daß unter drei Namen zwei die angeblich gefährlichen Fasanen bezeichneten, die Bess unbedingt selber versorgen wollte? Der ausgestrichene und unleserliche Name mochte Amherst oder Kupfer gelautet haben; oder auch Silber, was bedeutet hätte, daß sein Interesse sich jetzt auf den Raum im Stall konzentriert hatte. Was sagte doch Hunter damals im Auto über die Silberfasanen? »Eine enorme Schwingenspanne und messerscharfe Sporen . . . Long John hatte seinen Schnabelring verloren.« Wie gewaltig Long John doch war! Dreimal so groß wie ein Amhersthahn und doppelt so groß wie ein Reeves. Bei den Mandschu schien die Größe keine Rolle zu spielen, aber Long Johns Gewicht gab ihm Kraft und machte ihn angriffslustiger. Sarah sah forschend von einem Ende des Stalls bis zum anderen. An der Wand über dem Strohbündel hing ein Arzneimittelschrank, der eine erstaunliche Menge Medikamente enthielt, die auch für menschlichen Gebrauch bestimmt waren: Argyrol, Alkohol, sterile Watte, eine Tube mit einem Desinfektionsmittel, Lebertran und Antibiotika.
»Bei Fasanen heißt es meistens ›Friß, Vogel, oder stirb‹«, sagte plötzlich Bess' ruhige Stimme hinter ihr. »Bis jetzt haben wir eigentlich Glück gehabt, nichts Ärgeres als hier und da Frost in einer Klaue oder eine Augeninfektion. Danke schön, daß du die Futternäpfe gefüllt hast. Meinst du nicht, daß du jetzt ins Haus gehen solltest und dich wieder erwärmen? Du siehst ja ganz erfroren aus.«
Sarah fror gar nicht, aber als Bess sagte: »Friß Vogel, oder stirb«, war ihr unwillkürlich ein Schauer über den Rücken gelaufen. In der Ecke hinter dem Strohballen stand noch Milos Nerzkeule mit dem dicken Ende nach oben, und ihr kam plötzlich aus dem Nichts die grauenhafte Vorstellung, wie der dunkle Fleck auf dem Holz, wenn es jetzt Sommer wäre, dick mit Fliegen bedeckt sein würde. Die Tierleiche war verschwunden . . . Wo war aber Peck geblieben?
»Ich glaube, ich geh doch lieber hinein und trinke eine Tasse

Kaffee«, meinte Sarah, die jetzt wirklich zu zittern begann. »Kommst du nicht auch, oder soll ich dir eine Tasse herausbringen?«
»Oh, nicht nötig! Ich bin an so was gewöhnt«, erklärte Bess, eine Spur triumphierend, »nach so vielen Jahren ist das ja auch kein Wunder.«

In der Küche meinte Evelyn mit ihrer gewohnten Duldermiene: »Ach wo, nicht die geringste Mühe«, und begann sogleich eine Legion verschiedenster Dinge herauszukramen. Sarah warf einen Blick in einen der aufgerissenen Schränke. »Aber da ist doch Pulverkaffee!« Ohne auf Evelyns Proteste zu hören, brachte Sarah das Wasser zum Kochen und löffelte das Kaffeepulver in eine Tasse. Während des Wartens fragte sie: »Macht Peck so etwas eigentlich oft?«
»O ja, das hat Peck schon öfters gemacht. Deshalb hat er ja auch die Arbeit auf der Nerzfarm verloren.« Sie sah Sarah bedeutungsvoll an, als käme jetzt etwas besonders Geistreiches. »Sein Malheur ist eben, daß er einmal monatlich seinen ganzen Lohn versaufen muß.«
»Aber sagt denn niemand, daß er nicht kommen kann?«
»Ja, seine Frau kommt und erzählt, daß er Grippe hat. Milo sagt immer, daß das feiner klingt als bloß den Suff haben.«
»Milo hat wirklich viel Humor«, meinte Sarah und betrachtete sein ständiges Opfer mit ehrlicher Bewunderung, »und weiß auf alles sofort die richtige Antwort. War Pecks Frau denn heute früh hier?«
»Wahrscheinlich. Vielleicht ist er sogar überhaupt nicht nach Hause gekommen. Was solche Leute tun, weiß man ja nie, nicht?«
Solche Leute . . . Leute wie Peck . . . Peck bekam also von den Gideons nur Arbeit, weil sie unter Zwang standen. Da sie Bess jetzt besser kannte, war es für Sarah nicht mehr so einfach, an Evelyns betonten Hinweis auf die rein menschlichen Gründe zu glauben und an die Behauptung, daß ja von jeher Charles mit Peck Mitleid gehabt hätte. Eine Frau wie Bess, deren Lebensphilosophie sich kurz und bündig in den Worten »Friß, Vogel, oder stirb« zusammenfassen läßt, hat für Bedenken

oder Gefühle nichts übrig. Peck war in der Lage gewesen, die Gideons dazu zu zwingen, ihm nach seiner Entlassung aus der Haft Arbeit zu geben.

Woher kam dieses Wissen? Aus dem bloßen Verdacht, daß sich hier auf der Farm etwas Gefährliches verbarg? Oder von dem kurzen Blick auf den schweren, blutbefleckten Knüppel? Peck ist tot. Plötzlich und unwiderstehlich kreisten ihre Gedanken um diesen Verdacht. Sie benahm sich wie das Kind, das eine verbotene Höhe erklettert. Und genau wie dieses Kind dann die Erfahrung macht, daß es sich trotz der Warnungen Erwachsener dort oben mühelos im Gleichgewicht halten kann, wußte Sarah jetzt mit absoluter Gewißheit, daß Peck nicht mehr am Leben war.

Als sie wieder aus dem Haus kam, war Hunter mit dem Reinigen des Hühnerhauses beinahe fertig. Der Abfall war in einem Karren aufgehäuft, bereit, zum Komposthaufen gebracht zu werden, und Hunter hatte nur noch die Brutkästen mit frischem Heu zu füllen. Die Seidenhühner schaukelten halb herausfordernd und halb vertraulich umher, und eine der Hennen setzte sich bettelnd auf Sarahs Fuß.

»Ich wünsche mir nur«, erklärte Hunter mit kaum bezähmter Wut, »daß der Zahnarzt Milo den Zahn ausgerissen hat und daß die Wurzel weiß der Teufel wie tief gesessen hat.«

Das glaub' ich, dachte Sarah. Sie bückte sich, um der kleinen, flaumigen Henne ein paar Körner zu geben. »Ist das hier denn sonst Milos Arbeit?«

Von Hunter kam ein bellendes Lachen. »Nein. Aber Pecks Arbeit. Oder höchstens Plackerei für Bess oder mich. Aber niemals für Milo!«

Dann drehte er sich um und schimpfte den kleinen Seidenhahn tüchtig aus, der sich plötzlich eingebildet hatte, daß eine seiner Hennen in Gefahr sei, und sich sogleich drohend auf ihn gestürzt hatte – was sehr komisch aussah. Aber das Bantam-Hähnchen ließ sich nicht einschüchtern und stand da, als wolles es Hunter in Stücke reißen, falls seine brütende Henne gestört würde. Doch Hunter ging am Nest vorbei und war jetzt mit seiner Arbeit fast zu Ende. Und Sarah hatte ihm noch immer kein Wort von den Dingen gesagt, die sie mit ihm

besprechen wollte.
»Deine Mutter hat aber eine wahre Engelsgeduld mit Peck, nicht?« Die bloße Erwähnung dieses Namens erschien ihr jetzt irgendwie gefährlich, aber sie brachte es doch fertig, diese Frage ganz natürlich vorzubringen.
»Na ja, das ist so eine Art Verpflichtung«, antwortete Hunter nach einem Augenblick völliger Stille. Sein Gesicht mit den kräftigen Zügen und hellen Augen war von ihr abgewandt und nach vorne geneigt, als sei er in die Verteilung des trockenen Heus ganz vertieft. »Bess hat bei der Polizei etwas erwähnt, das die Krankenschwester ihr erzählt hatte. Nämlich, daß sie hier einmal bei einem Spaziergang übers Feld von einem Fremden angeredet worden sei. Deshalb hatten sie erst einmal auf Peck getippt.«
»Angeredet?« fragte Sarah, mit unwillkürlich hochgezogenen Brauen.
»Wahrscheinlich hat bloß Miss Braceway sich so ausgedrückt. Ich glaube, daß er sie angebrüllt hat oder etwas gesagt hat, das sie für eine unanständige Annäherung hielt. Jedenfalls hat sie die Sache Bess erzählt, und Bess hat der Polizei gesagt, daß der Mann von der Hütte hinter der Nerzfarm hergekommen sei. Na, und daher . . .« Hunter zuckte die Achseln. »Das alles schien auf Peck zu deuten, besonders weil er ja schon vorher mit der Polizei Unannehmlichkeiten gehabt hat.«
Wie sehr war Peck doch in jeder Hinsicht zur Rolle des brutalen Mörders geschaffen, und wie peinlich mußte es den Gideons gewesen sein, daß er nicht nur freigelassen wurde, sondern auch noch in der Lage war, Arbeit von ihnen verlangen zu können. Aber warum Arbeit und nicht einfach Geld? Peck war doch gewiß nicht der Mensch, sich über das Wort von der Faulheit als ersten Schritt zur Hölle graue Haare wachsen zu lassen.
Er war gewiß vor Wut außer sich gewesen, als er auf Grund von Bess' Aussage verhaftet wurde. Eine Aussage, die sich auf etwas bezog, das sie selber nur vom Hörensagen wußte. Besonders wenn diese Aussage reine Erfindung war, wie Sarah jetzt mit Schrecken erkannte. Miss Braceway hatte sich darüber beschwert, daß ihr zur Zeit von Nina Traftons Tod

irgendein Schlafmittel eingegeben worden sei. Bess wäre es sicher höchst unerwünscht gewesen, wenn man diesen Punkt nach so vielen Monaten wieder aufgegriffen hätte. War Peck da nicht die ideale Lösung und die beste Ablenkung für die Polizei? Ein Mensch, dessen fragwürdiger Charakter ohnehin schon bekannt war?

Peck kam vom Land und war nicht auf den Kopf gefallen. Wahrscheinlich hatte er sich gesagt, daß die Gideons, wenn sie ihn vorsätzlich des Mordes an der Krankenschwester bezichtigten, etwas verbergen wollten. Die Tatsache, daß er von Bess auf seine Bitte hin sogleich eine Anstellung bekam, hatte er sicher als Beweis dafür ausgelegt. Und Peck hatte ungehinderten Zutritt zu den Fasanenkäfigen gehabt . . .

Hunter stellte die Heugabel in die Ecke, betrachtete die getane Arbeit und griff nach der Türklinke. Er sagte, ohne sich umzuwenden: »Ist es dir niemals in den Sinn gekommen, Sarah, daß du, wenn du mit dieser Sache hier noch weitergehst, etwas über Charles entdecken wirst, das dir wenig Freude bereiten wird?«

Sarah war überzeugt gewesen, daß ihre zielbewußte Distanzierung sie davor bewahren mußte, sich von irgend etwas, das ihr von dieser Seite eingeflüstert würde, aufregen zu lassen. Aber der kühle, forschende Ton der Frage hatte sie überrumpelt. Dabei war ihr jedoch der deutliche Sprung von Peck und Miss Braceway zu Charles keineswegs entgangen. »Meinst du damit« – sie sprach jetzt sehr deutlich und vorsichtig – »sogar noch weniger Freude als die Tatsache, daß sich Charles, nachdem er sechs Wochen mit mir verheiratet war, aus dem Fenster gestürzt hat? Nein, offen gestanden ist mir das nicht eingefallen. Aber weil wir gerade davon reden – hattest du dich mit Charles an diesem Tag zum Lunch verabredet?«

Hunter, der eben die Tür aufgestoßen hatte, so daß weißes Licht und scharfe Kälte eindrangen, schloß sie wieder und wandte ihr das Gesicht zu, das einen geradezu komischen Ausdruck des Erstaunens zeigte. »Eine Verabredung zum Lunch? In New York?« Die Frage klang, als sei New York so weit entfernt wie Hongkong. »Nein. Wer hat dir denn so etwas eingeredet?«

»Ich wollte es bloß wissen.«
Hunters Miene hatte sich verändert. Er öffnete ihr wortlos die Tür. Sarah ging an ihm vorbei. Ein kurzer Blick auf sein Gesicht erschütterte sie tiefer als jedes Wort, das er gesagt hatte.
Vielleicht hatte er sie angelogen, aber war er imstande, einen Ausdruck so tiefen Mitleids zu heucheln?

Charles hatte Miss Braceway gewiß nicht umgebracht, versicherte Sarah sich selber, als sie – in der Sicherheit ihrer vier Wände angelangt – diese Frage anzupacken begann. Abgesehen davon, war er zu dieser Zeit in New York gewesen. Entgegen Hunters erschreckenden Andeutungen hatte sie also keineswegs mit jemandem gelebt, der imstande gewesen wäre, eine Frau umzubringen.
Allerdings gab es ein anderes Gebiet, das sie zu erforschen hatte. Eine Aufgabe, zu der sie sich zwingen mußte. Die Richtung hatte Harry Brendan ihr angedeutet, als er nachdenklich und erinnernd von Nina Trafton gesprochen hatte: »Sie hat jedem Mann eine Zeitlang den Kopf verdreht.«
Lag hier die Ursache, war das der Schlüssel zu diesem Rätsel? Man hatte sich nur Nina vorzustellen, wie sie mit einem verbitterten Mann verheiratet – der zweimal so alt war wie sie selber – einen gutaussehenden Stiefsohn mit in die Ehe bekam, der nur wenige Jahre jünger war als sie. Und dann an Charles zu denken, den sanften, etwas schüchternen Menschen, und seinen plötzlichen Kontakt mit all dieser Reife, dieser verlockenden Wärme. Bestand nicht überdies die Möglichkeit – für sie eine sehr peinliche Vorstellung – daß eine Affäre zwischen ihnen Ninas Krankheit verschlimmert hatte? Seinem Charakter nach war Charles auf Verwicklungen überhaupt nicht eingestellt, geschweige denn auf eine so unerlaubte Beziehung, denn sein Gewissen würde ihm Tag und Nacht keine Ruhe gelassen haben.
Sarah merkte, daß sie wie in Trance zu Boden starrte. Wenn Charles doch nur Tagebuch geführt hätte. Aber sie erinnerte sich, daß sie irgendwann einmal einen Schlüssel gesehen hatte, der zu einem Tagebuch gehört haben könnte. Damals

hatte sie den Schlüssel erstaunt in der Hand gehalten, weil er so winzig war. Damals, wie auch jetzt, hatte sie auf einem Bett gesessen . . . Sie bückte sich, streckte die Hand mit der Handfläche nach oben aus, neigte den Kopf und versuchte sich wieder zu erinnern.

Dieser Trick hatte Erfolg. Der vergessene Hintergrund war plötzlich wieder vorhanden. Es war an dem Tag nach Charles' Tod gewesen. Aus unerklärlichen Gründen konnte sie den Anblick von Charles' Anzügen nicht mehr ertragen, die so ordentlich auf ihren Bügeln im Wandschrank des Schlafzimmers hingen. Obgleich jemand taktvoll gemeint hatte, daß sie erst noch die Taschen ausleeren sollte, hatte sie alle seine Kleidungsstücke von den Bügeln gerissen und sie in blinder Hast in zwei große Koffer gestopft. Gleich nachher hatte sie das aber bereut. Denn was hätte sie angefangen, wenn der Anwalt oder Charles' Büro, nachdem die Koffer im Keller verstaut waren, etwas dringend gebraucht hätten? Als Bess fest darauf bestand, daß sie sich hinlegen sollte, war sie in ihr Zimmer gegangen, hatte die Tür geschlossen und dann die Taschen seiner Anzüge durchsucht. Es bestand kein Grund, weshalb ihr diese alltägliche Hausfrauenarbeit das Widerstreben einflößen sollte, das sie damals empfunden hatte. Aber sie kam sich wie ein Dieb vor und wollte die Dinge – ein armseliges Häufchen auf der Bettdecke – eigentlich gar nicht näher ansehen.

Der winzige Schlüssel war ihr aber aufgefallen. Die Taschen enthielten einige ordentlich gefaltete Papierbogen und auch ein paar Visitenkarten, und schließlich fand sie einen leeren Briefumschlag, in den alles hineinging und den sie dann weglegte. Aber wohin?

An diesem Punkt versagte ihr Gedächtnis. In eine Schreibtischlade? Nein, denn bei ihrer Suche nach Charles' Foto war ihr dieser Briefumschlag nicht in die Hand gekommen. Etwa in einen ihrer eigenen Koffer?

Trotz der inzwischen verstrichenen Zeit führte ihr nur tastendes, aber entschlossenes Suchen zu seiner Entdeckung in ihrem kleinen, dunkelblauen Koffer, den sie mitgebracht hatte. Sie leerte den Inhalt des Briefumschlags. Der winzige

Schlüssel war da, aber der Fund war doch nur ein wertloser Sieg. Denn die Geschäftskarten trugen ihr völlig unbekannte Namen, die gefalteten Papiere bestanden aus einer bezahlten Rechnung, einer Mitteilung von irgend jemandem über irgendwelche Aktien, und in einem doppelt gefalteten Umschlag waren die benützten Abschnitte eines Pullman-Retourbilletts nach Chikago für den 1. und 2. Dezember.
In beiden Fällen handelte es sich um Frühzüge – und das bedeutete, daß irgendwo ein ungeheuerlicher Fehler unterlaufen war – denn nach Dr. Vollmers Angabe hatte Charles seine Verabredung mit ihm für den späten Nachmittag des 1. Dezember eingehalten. Aber auf Grund der kleinen Papierabschnitte, die sie jetzt in der Hand hielt, war Charles zu dieser Zeit in Chikago gewesen, genau wie er es ihr gesagt hatte.
Es konnte sich hier also um nichts anderes als um eine irrtümliche Eintragung in Dr. Vollmers Praxis handeln – oder Charles war überhaupt niemals bei einem Psychiater gewesen, sondern irgendein anderer Mensch hatte sich als Charles ausgegeben und Angaben über seine Lebensumstände gemacht und erklärt, daß er vor seiner eigenen Frau in Todesangst lebte.

11

Im Raum unter Sarahs Zimmer schrillte das Telefon. Das Läuten wiederholte sich, bis dann Schritte das Eßzimmer durchquerten, und Hunters wie immer kurzangebundene und aggressive Stimme ertönte. »Hallo?«
Dann kam eine Pause, während er zuhörte. Wenn auch ganz mechanisch und unbeteiligt, lauschte Sarah. »Nein«, sagte Hunter. »Nein. Wir haben nichts ... Warten Sie mal ... ich glaube, am Donnerstag abend. Ja, das tun wir selbstverständlich.«
Das war Mrs. Peck, dachte Sarah mit derselben merkwürdigen Distanziertheit. Mrs. Peck, die jetzt anfängt, sich wegen ihres Manns Sorgen zu machen und die über die lange Dauer seiner

Sauftour erstaunt ist. Und sich bei den Gideons – ausgerechnet bei den Gideons – nach ihm erkundigt.
Ihr Verstand weigerte sich noch, das Ungeheuerliche, das sie entdeckt hatte, zuzugeben. Denn wenn jemand es gewagt hatte, sich bei einem Psychiater nicht nur einmal, sondern dreimal für Charles auszugeben, dann tat er das nur, um den Nachweis seiner Geistesgestörtheit zu liefern. Was dann weiterhin bedeuten würde, daß . . .
Aber erst hieß es hier Gewißheit zu erlangen, so sicher sie ihrer Sache auch war. Jetzt fing Sarah endlich an zu handeln. Sie legte den winzigen Schlüssel und die Fahrkarten in ein Fach ihrer Handtasche, das einen Reißverschluß hatte, und steckte den Briefumschlag wieder in ein Fach ihres Handkoffers. Weshalb war ihr nur vorher nie aufgefallen, daß ihr Koffer nur sehr wenig größer war als Bess' Reisekoffer, anstatt aus grünem Krokodilleder aus blauem Kalbsleder gemacht war und daher bei schlechter Beleuchtung leicht verwechselt werden konnte?
Mechanisch ging Sarah in das Gästebadezimmer und hielt ihr Gesicht ins eiskalte Wasser, weil sie wußte, daß sie sich so nicht unten sehen lassen konnte. Etwas Lippenstift und eine Andeutung Rouge, das sie sonst nie verwendete, erfüllten den Zweck. Als sie gerade ihr Haar vor dem halbblinden Spiegel in ihrem Zimmer kämmte, begann unten das Öffnen und Schließen von Türen, der Klang lauter Stimmen, und jemand gerade unter ihr – anscheinend Bess – sagte: »Ich weiß nicht, ich werde sie fragen«, und begann zur Hintertreppe zu gehen.
Sarah war im Nu aus ihrem Zimmer, wußte aber selber nicht, weshalb ihr dort jeder Besuch so ungelegen war. In der Tür zum Eßzimmer traf sie mit Bess zusammen. »Ach, da bist du ja, Sarah. Harry und Kate fahren in die Stadt und wollten wissen, ob sie dir etwas mitbringen können.«
»Oder ob Sie vielleicht mit uns kommen wollen«, ergänzte Harry Brendan, wandte sich aber nach einem raschen Blick gleich wieder ab, als wollte er die Aufmerksamkeit der anderen von ihrem Gesicht ablenken.
»Natürlich«, meinte Kate Clemence nach einer unmerklichen Pause. Sie stand im Eßzimmer vor dem Kamin, so angezogen,

wie es ihrem persönlichen Stil wirklich entsprach: graue Skijacke mit zurückgelegter Kapuze und graue Skihosen von makellosem Schnitt, die ihre langen Beine vorteilhaft zeigten. Das neutrale Grau ihrer Kleidung schien den seidigen Glanz ihres dunklen, zerzausten Haars und ihrer dunklen Brauen, die sich über großen, hellen Augen wölbten, noch zu erhöhen.
»Preston ist natürlich nicht gerade das Ideale, wenn man Einkäufe machen muß – aber ich vergesse immer wieder, daß Sie den Ort ja kennen.«
Tust du auch, dachte Sarah und richtete ihre Antwort an eine nicht existente dritte Person, so ungefähr in der Mitte zwischen Harry und Kate. »Wenn Sie ein Fahrgast nicht geniert, komme ich gerne mit.« Sie ging ihren Mantel holen.
Als sie wieder hinunterkam, waren alle in der Küche versammelt. Evelyn rührte etwas in einer Pfanne auf dem Herd, Bess sortierte Wachteleier für den Versand, und Harry lehnte am Abspülbecken und sah Kate verärgert an, die am Küchentisch saß und keine Miene machte aufzustehen. Sie hatte die Skijacke abgelegt. Ohne auf Sarah zu achten, sagte sie zu Harry: »Nein, ich möchte wirklich lieber hierbleiben. Ich hatte sowieso nichts Dringendes vor und habe mir's, ehrlich gestanden, hier jetzt so bequem gemacht, daß ich . . . Bess, willst du mir nicht einen Drink spendieren – weil heute Sonnabend ist?«
Diese letzten Worte kamen offensichtlich etwas unter Druck heraus. Im Wagen sagte Sarah dann leichthin: »Glauben Sie, daß Charles gewußt hat, daß sie in ihn verliebt war?«
Beim Tor mußte Harry den Wagen wenden. »Sie waren einmal offiziell verlobt gewesen.« Nach einer kurzen Pause fühlte sie, wie er ihr verschlossenes Profil ansah und dann den Blick wieder abwandte. »Das war vor Jahren. Lange ehe Sie auf der Bildfläche erschienen.«
Ich möchte bloß wissen, dachte Sarah, was Charles sonst noch für unwichtig hielt, um es mir anzuvertrauen. Charles, dieser heitere, aufgeschlossene Mensch, dessen Leben wie ein offenes Buch war . . . aber im Grunde war ihr recht geschehen. Denn die Annahme, daß es einen so unkomplizierten Menschen überhaupt geben sollte, grenzte an Ignoranz. Oder hatte

bei dem Bruch zwischen ihm und Kate etwas mitgespielt, das es ihm aus Gründen des Takts unmöglich machte, ihr davon zu erzählen?

Nachdem sie eine Weile gefahren waren, fragte sie schließlich: »Was war eigentlich geschehen?« und sah dann, wie Harry die Hand vom Lenkrad hob und sie wieder fallen ließ. »Nichts.« Aber seine Stimme klang verändert, verwirrt. »Die Sache verlief sich im Sande.«

»Das heißt also, zu der Zeit, als Charles' Vater Nina Clemence heiratete?«

Harry lenkte den Wagen an den verschneiten Gehsteig vor ein paar Läden. Seine Worte klangen fast wie eine Beschuldigung: »Sarah, Sie haben Charles doch so geliebt, daß Sie ihn geheiratet haben. Sind Sie sich darüber klar, was Sie jetzt beweisen wollen?«

»Ja«, erklärte sie und stieg aus.

Im Drugstore war die Telefonzelle besetzt. Sarah kaufte Zigaretten, versorgte sich mit Münzen und ging einen halben Häuserblock weiter bis zu einer Telefonzelle auf der Straße. Nach einer langen Wartezeit war sie endlich mit Dr. Vollmers Praxis in New York verbunden.

Die Verbindung war schlecht. Nach endlosen Mißverständnissen und Wiederholungen auf beiden Seiten kam schließlich heraus, daß Dr. Vollmer bei einem Kongreß und daher abwesend sei, und nach der Bitte, einen Augenblick am Telefon zu bleiben, endlich die Auskunft, daß Mr. Trafton seinen letzten Besuch am 1. Dezember gemacht habe. Ein Irrtum? Das sei vollkommen ausgeschlossen, Eintragungen seien immer völlig einwandfrei und korrekt. Übrigens hatte an diesem Tag Dr. Vollmers Mutter Geburtstag gehabt, und ihm war daher sehr gelegen gewesen, mit seiner Ordination rechtzeitig fertig zu werden (Aha! Ein Mutterkomplex, Herr Doktor?). Die Sprechstundenhilfe erinnerte sich ganz genau daran, daß Dr. Vollmer, weil er für den Patienten vorher mehr Zeit gebraucht hatte, die für Mr. Trafton festgelegte Stunde um fünfzehn Minuten kürzen mußte.

Das stand also nun fest. Obgleich Sarah vorher geglaubt hatte, ihrer Sache sicher zu sein, war sie erschüttert, als sie weiter-

fragte: »Können Sie mir beschreiben, wie Mr. Trafton aussah?«
Die entfernte Stimme klang jetzt verändert: »Einen Augenblick, bitte. Wer spricht denn eigentlich?« Dann verlangte die Zentrale einen neuerlichen Münzeinwurf, und Sarah, ganz außer sich, rief: »Warten Sie doch! Bitte –« Sie griff mit zittrigen Fingern so unsicher nach den Münzen, die auf dem Bord bereitlagen, daß sie klirrend zu Boden fielen. Jemand klopfte mit Metall an das Glasfenster der Telefonzelle, und als sie den Kopf verzweifelt wendete, lächelte Milo sie milde an und hielt dabei eine Münze hoch.
Sarah hängte wortlos ein. Sie griff nach ihren Handschuhen und der Handtasche, öffnete die Tür und fühlte die eisige Luft in jeder Pore ihres in Angstschweiß gebadeten Körpers.
Milo neigte den Kopf zur Seite und betrachtete sie aufmerksam. »Ich nehme an, daß Evelyn zu Hause wohl auf dem Telefon gesessen hat, denn so knauserig ist Bess wieder nicht mit der Telefonrechnung. Als ich vom Zahnarzt gekommen bin, habe ich Harrys Wagen gesehen und mir schon gedacht, daß ich dich treffen würde. Weißt du, daß mein Zahn so entzündet ist, daß der Zahnarzt noch nichts damit anfangen kann?«
Aber die genaue Besichtigung von Milos Mundhöhle, die ihr jetzt unmittelbar bevorstand, war etwas, dem Sarah sich auf keinen Fall aussetzen wollte. Sie sagte nur rasch: »Wie schrecklich!« Aber als sie versuchte, von ihm wegzukommen, stand er ihr irgendwie im Weg.
»Das scheint also meine große Operation zu werden«, meinte er düster. Sein Eulengesicht wurde plötzlich, ohne auch nur eine einzige, fette Falte zu verziehen, scharf und eiskalt. »Was hältst du übrigens von Ninas Porträt?«
Das hastige Geräusch, das sie am vergangenen Abend an Milos Tür gehört hatte, war also keine Einbildung gewesen. Milo war vor den anderen nach Hause gekommen, hatte durch die Fenster im Erdgeschoß geschaut und den Lichtschein gesehen. Oder hatte Bess ihm vielleicht erzählt, daß sie das Bild rein zufällig schon früher entdeckt hatte? Das wäre beruhigender für sie gewesen.

»Weshalb hast du sie eigentlich in dieser Stellung gemalt?«
»Reine Laune«, meinte Milo nach einer kurzen Pause. Sarah fiel auf einmal auf, wie ähnlich er seiner Dohle sah – oder hatte die Dohle ihrem Herrn gar diesen seitlich geneigten Kopf, dieses spöttische Starren aus runden Augen, diese Miene versteckter Bosheit abgeguckt? »Ich bin eben launisch wie ein Wetterhahn«, gab Milo zu. »Merkwürdig, nicht?«

»Aber jetzt wird das ausgetrunken«, erklärte Harry Brendan sehr energisch, »oder ich trinke es, und dann geht es mir an den Kragen. Sarah! Hören Sie mich nicht?«
Als Sarah das Glas gehorsam hob, schien es ihr, als sei sie aus der Gegenwart plötzlich in die Vergangenheit geraten, denn Harry benahm sich genauso wie in den ersten Tagen nach Charles' Begräbnis, wußte instinktiv, was sie brauchte, schnitt ihr den Weg in die Gefahr einer gänzlichen Zurückgezogenheit in sich selbst ab.
Charles' Tod war damals schrecklich und unerklärlich gewesen. Daß dieser Tod sich als Mord herausstellte, machte die Dinge jetzt zwar weniger unerklärlich, aber darum nicht minder schrecklich. Mord war die einzige logische Antwort auf alle Fragen. Denn niemand hätte sich die Mühe genommen, die Szene so sorgfältig für einen Selbstmord vorzubereiten, hätte das ja auch gar nicht nötig gehabt. Oder bei solchen Vorbereitungen die Frau des Opfers so hinzustellen, als sei sie die Ursache seiner ständigen Todesangst gewesen – ein Köder für den eifrigen Detektiv, dem möglicherweise der Selbstmord eines Menschen in Charles' Lage unglaubwürdig erschienen wäre. Ein genialer Plan.
Sarah hatte dauernd etwas vor Augen, das eigentlich kaum sichtbar war: die haarfeine, blaue Stoffaser vom Vorhang im Eßzimmer, die unter Charles' Nagel gefunden wurde. Kein Zeichen dafür, daß er seinen Entschluß im letzten Moment bereut hatte, wie die Polizei meinte, sondern der Beweis seines verzweifelten Kampfes um sein Leben. Denn jemand hatte ihn aus dem Fenster gestoßen.
Unmöglich, den Gedanken an die Dinge, die diesem letzten Augenblick vorangegangen waren, zu entkommen. Vielleicht

ein Telefonanruf, um sich zu vergewissern, daß Charles allein zu Hause war? Dann öffnet Charles jemandem die Tür, dem er blind vertraut. Bereitet Drinks zu. Enthüllt dieser Maske freundschaftlicher Anteilnahme vor dem Antlitz seines Mörders Dinge, die er keinem anderen wiederholen durfte. Im Zimmer hatte nichts auf einen Kampf hingewiesen. Also war Charles unter irgendeinem Vorwand ans Fenster gelockt worden. Vielleicht ein Ausruf: »Sieh doch, da kommt Sarah eben um die Ecke!« Wie mußte ihm zumute gewesen sein, als er sich aus dieser tödlichen Höhe stürzen fühlte, noch einen Augenblick verzweifelt versuchte, nach einem letzten Halt zu greifen, und nichts fassen konnte als einen Fetzen Stoff, der ihm aus den Fingern glitt?

Bei dem bloßen Gedanken an diesen Augenblick war es Sarah übel geworden. Aber sie hatte sich gezwungen, in den Drugstore zurückzugehen und das zu kaufen, was sie brauchte, und als dann Harry Brendan zurückkam, saß sie ganz still im Wagen. Sie weinte nicht, versuchte aber immer wieder krampfhaft, ihre Tränen zu unterdrücken, während sie ihm alles erklärte.

Vielleicht war Harry überrascht, verbarg aber sein Erstaunen. Als praktischer Mensch öffnete er nur sofort automatisch die beiden Vorderfenster des Wagens. Als nächste – nicht mehr so vernünftige – automatische Handlung legte er den Arm um sie und hielt sie fest an sich gedrückt. Eine ganze Weile sprach er, manchmal rasch, dann wieder langsam, auf sie ein, erzählte ihr lauter gänzlich zusammenhangloses Zeug und sagte schließlich: »Also, *so* können Sie natürlich unmöglich wieder nach Hause zurückkommen. Und ich auch nicht. Komisch, was? Wir müssen unbedingt was trinken, und zwar eine ganze Menge. Einverstanden?«

Er äußerte sich zu dem Vorgefallenen mit keinem Wort, und Sarah fing plötzlich an, sich sehr zu schämen. Denn schließlich hatte er ja Charles viel besser und länger, um Jahre länger, gekannt als sie.

Als sie jetzt ihr Glas wieder auf den Tisch stellte, fragte er: »Werden Sie das alles Bess erzählen?«

Bess? Prinzipiell hätte Hunter Gideon genauso zu Dr. Vollmer

gehen können wie Rob Clemence oder Milo.
»Nein«, erklärte Sarah, »jetzt noch nicht.« Harry schien das kleine Päckchen, das sie aus dem Wagen mitgenommen hatte, nicht bemerkt zu haben. »Haben Sie an dem Tag mit Charles eine Verabredung zum Lunch gehabt?«
Er fragte gar nicht, an welchem Tag. »Nein. Als Bess mich anrief, nahm ich den Nachtzug.«
In ihrem Schrecken und ihrer Ratlosigkeit hatte Sarah Bess damals erst um Mitternacht angerufen, und sie erinnerte sich noch an die lautlose Leere des Wartens am Telefon, bis das Läuten jemanden auf der Farm aus dem Schlaf geweckt hatte. Damit war dem Menschen, der Charles umgebracht hatte – wer immer das auch gewesen sein mochte – genug Zeit gegeben, nach Boston zurückzufliegen und dann mit dem Auto nach Preston zu fahren.
Jetzt kam die Rechnung.
Sarah öffnete ihre Handtasche, um die Zigaretten hineinzutun, und der kleine Schlüssel, der mit den gebrauchten Fahrkarten in dem Fach mit dem Reißverschluß lag, schien ihr entgegenzuklirren. »Hat Nina Trafton ein Tagebuch geführt?«
Harry sah von seinem Drink auf. »Das will ich meinen. Edward Trafton war nämlich ein Vogelliebhaber und zugleich noch Amateurbotaniker und Wetterprophet, und Nina führte ein Tagebuch über seine im Freien gemachten Beobachtungen. Eintragungen wie: ›Das Barometer fiel um so und so viele Punkte, die Krokusse kamen um so viel früher zur Blüte, und bei den Futternäpfen wurden ein paar Zedern-Seidenschwänze beobachtet.‹ Sehr aufregend! Liegt wahrscheinlich noch irgendwo im Hause herum. Fertig? Vergessen Sie Ihr Paket nicht.«
Das Tagebuch war also unwichtig. Aber weshalb mußte man naturgeschichtliche Aufzeichnungen so geheimhalten? Andererseits gehörte der Schlüssel vielleicht überhaupt nicht zu einem Tagebuch, sondern zu einer Schmuckkassette oder zu einer besonderen Schublade, konnte sogar in ein Schloß in Charles' Büro gepaßt haben, wenn es auch merkwürdig war, daß bisher noch niemand danach gefragt hatte. Sarah war jetzt plötzlich enttäuscht. Als sie das Paket aufnahm, sagte sie

rasch: »Ein Fotoapparat.«
». . .Ach so. Ja, ich verstehe. Meinen Sie, daß dieser Vollmer« – Harrys Stimme klang sachlich – »soweit Sie ihn jetzt kennen, zugeben wird, daß jemand ihn 'reingelegt hat?«
Sarah sah ihn ganz entsetzt an. »Aber das *muß* er doch. Außerdem wird er so wütend sein, daß jemand ihn sozusagen als Werkzeug benützt hat, daß er alles tun wird, um sich an ihm zu rächen.«
»Und damit seinen Namen in Verbindung mit einem Mordfall in die Presse bekommt – vorausgesetzt, daß die Polizei Ihre Meinung teilt? . . . Na, vielleicht haben Sie recht.«
»*Meine* Meinung? Es kann doch hier gar keine andere Meinung geben?« meinte Sarah ungläubig. Die Kälte und Übelkeit, die sie früher im Wagen gefühlt hatte, kamen jetzt wieder und spiegelten sich seltsamerweise auch auf Harrys schmalem, jetzt gespanntem Gesicht.
Er sah sie nicht an, sondern auf den Tisch nieder. »Seither sind drei Monate vergangen. Vorausgesetzt daß jemand wissen konnte, daß Vollmer an dem bestimmten Tag, an dem Charles starb, abwesend sein würde . . .«
»Das wäre nicht so besonders schwierig gewesen«, behauptete Sarah mit erzwungener Ruhe. »Wenn man sich einen gewissen Teil der Stadt herausgreift und dann jeden Psychiater in dieser Zone anruft und um eine wöchentliche Behandlung ersucht, wird es sich bei dem einen oder anderen erweisen, daß er in die Winterferien geht, besonders um die Weihnachtszeit, oder zu einem Kongreß oder sonstwohin fährt.«
»Also schön, zugegeben. Aber die Sache liegt immerhin schon ganze drei Monate zurück, und wir müssen annehmen«, fuhr Harry fort, immer noch ohne sie anzusehen, »daß Vollmer viele Patienten hat und daß er zu dieser Zeit keinen Grund hatte, sich für diesen einen Patienten besonders zu interessieren. Was geschieht aber, wenn er sich wirklich geirrt haben sollte oder sich einfach nicht erinnern kann? In den Augen der Polizei sind Sie dann nichts als eine verzweifelte Witwe, die sich bemüht, eine Erklärung für den Tod ihres Mannes zu finden.«

»Nicht angesichts der Fahrkarten, die beweisen, daß Charles an dem Tag überhaupt nicht in New York war!«
»Die könnten jemand anderem gehört haben.«
Sarah stand auf und sagte leise und in ungläubigem Ton: »Das heißt also, daß Sie der Wahrheit gar nicht auf die Spur kommen wollen, nicht?«
»Ich oder Hunter oder Milo oder auch Rob Clemence«, meinte Harry nachdenklich. Er sah zu ihr auf und lächelte bedrückt. »Ja, ich glaube, daß Sie recht haben. Aber wenn die Polizei einmal ihre Nase in die Sache steckt, dann werden Dinge aufgewühlt werden, die verflucht weit zurückliegen.«
»Sie meinen, so weit wie Nina Trafton?«
»Ja«, antwortete Harry so leise wie Sarah. »Meiner Meinung nach besteht absolut die Möglichkeit, daß Nina von Charles umgebracht wurde und daß die ganze Sache sich zu einem schauerlichen Skandal auswachsen wird.«

12

Das hatte Hunter also gemeint, das war der Grund gewesen, weshalb er sie so teilnahmsvoll angesehen hatte.
Später, im Wagen, sagte Harry sehr sanft: »Mir tut das schrecklich leid, Sarah. Ich hätte weiß Gott lieber geschwiegen. Aber schließlich sind das Dinge, die Sie erwägen müssen.«
»Ja? Sind Sie der Ansicht?« Sarah schwindelte es. »Ich kann mir vorstellen, wie erleichtert ihr alle gewesen sein müßt, als Charles sich zu einer Ehe entschloß. Sie gibt einem Mann ja so viel Halt und merzt solch kleine Junggesellensünden völlig aus. Aber im letzten Augenblick haben Sie es doch nicht fertiggebracht, Trauzeuge zu sein, nicht wahr, Harry? Sie haben sich gedrückt, was beweist . . .«
»Also schön. Ich habe mich gedrückt, wenn Sie das so nennen wollen. Aber weil ich plötzlich wußte, daß ich es einfach nicht ertragen könnte, ruhig dabeizustehen, wenn Sie jemand . . . wenn Sie jemand anderen heirateten. Und bevor Sie sich Hals

über Kopf in diese Sache hineinstürzen, sollten Sie wirklich mehr über die Zusammenhänge wissen. Erstens einmal bin ich persönlich davon überzeugt, daß Charles Nina nicht mit Vorbedacht umgebracht hat, und zweitens wäre diese Tat – nur zu verständlich gewesen. Nina Trafton war nämlich . . .«
Ganz benommen wollte Sarah ihm gar nicht weiter zuhören, tat es aber doch. Jetzt tauchte Edward Trafton wieder auf: ein verbitterter, vereinsamter Mensch, über den sich Charles, der doch schließlich sein eigenes Leben zu leben hatte, dauernd Gewissensbisse machte. Reiner Zufall hatte Nina Clemence, ein Geschöpf, das Takt und Lebenserfahrung besaß, in dieses Milieu unerfreulicher, persönlicher Beziehungen geführt. Ihre Warmherzigkeit, eine merkwürdige Mischung von Respekt und Unabhängigkeit, aber wahrscheinlich in der Hauptsache ihre Erinnerungen an eine Kindheit in bitterster Armut hatten Charles' Vater an sie gefesselt.

Nach ihrer Heirat hatte sie Bess die Zügel des Haushalts aus der Hand genommen und die Arbeit zu allseitigem Erstaunen mit größtem Geschick bewältigt. Nina liebte Gartenarbeit, und das Haus war voller Blumen. Edward Trafton war ein anderer Mensch geworden.

Aus Dankbarkeit für die Verwandlung, die mit seinem Vater vorgegangen war, und hauptsächlich aus diesem Grund, betete Charles seine Stiefmutter geradezu an. Er konnte sich jetzt ohne Sorge seinen eigenen Angelegenheiten widmen und sich außerdem jederzeit mit Nina, die ja zu seiner eigenen Generation gehörte, aussprechen. Sie kokettierte – aber mit Maß, um ihrem ältlichen Gatten zu schmeicheln – mit Milo, Harry und Rob Clemence, und sogar mit Hunter, allerdings erfolglos. Aber diese Koketterie war ihr angeboren wie ihr Gang, ihr Lächeln und die wunderbare Fülle ihres Haares. Denn ihre ganze Aufmerksamkeit war einzig und allein auf Edward konzentriert. Sie ging bei jedem Wetter auf stundenlange Expeditionen, um irgendein seltenes Farnkraut auszugraben oder sich zu notieren, daß sie einen scharlachroten Fink zu ungewöhnlicher Jahreszeit beobachtet hatte. Dieses Tagebuch war wirklich ein schlagender Beweis für den Erfolg einer Ehe, von der sich niemand sehr viel erhofft hatte.

Aber alles das war nichts als reine Komödie gewesen.
Harry wußte nicht, wie Charles dahintergekommen war, und auch nicht, wie weit die ganze Sache eigentlich gegangen war. Als Charles damals zu ihm kam, war er so fassungslos und wütend – sicher spielten auch seine eigene Enttäuschung und sein verletzter Stolz dabei mit – daß er kaum zusammenhängend reden konnte. Nina hatte alle von Anfang an zum Narren gehalten. Hatte eine Liebschaft nach der anderen gehabt. Nach einem Rendezvous irgendwo im Wald hatte sie dann mit ernster Miene einen Frauenschuh oder irgendeinen Farn vorgewiesen, sich in der Bewunderung ihres Gatten gesonnt und sich im stillen schon auf ihr nächstes Liebesabenteuer gefreut. Wahrscheinlich hatte diese Doppelrolle sie sehr amüsiert.
Harry hatte sich bemüht, Charles' maßlose Wut, die wirklich etwas Bedrohliches hatte, zu beruhigen und versucht, ihm klarzumachen, daß Nina ja schließlich den Zweck dieser Ehe erfüllt hatte: nämlich seinen Vater bei Lebzeiten glücklich zu machen. Als jeder beruhigende Zuspruch wirkungslos blieb, hatte er Charles erklärt: »Besinn dich doch. Wenn du gegen sein Testament Einspruch erheben willst, mußt du Beweise in der Hand haben. Oder versuchen, dich mit Nina selbst auseinanderzusetzen. Es ist gar nicht ausgeschlossen, daß sie sich mit einer geringeren Erbschaft zufriedengibt und dann von der Bildfläche verschwindet.«
Aber kurz darauf war Nina an Lungenentzündung erkrankt, und aus diesem Grund, vielleicht auch weil Nina sie darum gebeten hatte, weigerte sich die Krankenschwester, Charles zu ihr zu lassen.
»Na, dagegen wird es ja wohl ein Mittel geben«, hatte Charles damals grimmig erklärt.
Und Miss Braceway war ein Schlafmittel eingegeben worden, und zwar an dem Tag, als Nina starb. Nur daß die Sache komplizierter war als ein natürlicher Todesfall: denn sie war ermordet worden.
Schließlich merkte Sarah, daß Harry schon seit einiger Zeit zu reden aufgehört hatte. Hieß das, daß für ihn die Sache damit erledigt war und daß er bis hierher, aber nicht weiter gehen

wollte? Ihre eigene Stimme erschien ihr selbst dünn und tonlos: »Wo waren denn die anderen an dem Tag?«
»Bei einer Wildvogel-Ausstellung, die in der Nachbarschaft jährlich veranstaltet wird. Alles Leute, die dort Vögel für die nächste Brutzeit einkaufen oder verkaufen. Gewöhnlich gingen nur Bess, Charles und Kate hin, aber diesmal, nach dem wochenlangen Herumschleichen auf Zehenspitzen und weil sich doch keiner richtig aus dem Haus getraut hatte, solange Nina noch in Gefahr war, war diese Ausstellung zu einem großen Ereignis geworden, und selbst Hunter und Rob Clemence waren mitgegangen.«
Sarah wußte schon im voraus, was jetzt kommen würde: nämlich daß die Schau in einem Versteigerungsraum, einer Scheune, abgehalten wurde. Daß Leute dauernd aus und ein gegangen waren und daß es in dem Durcheinander und Lärm, daß es also ganz unmöglich gewesen wäre, mit Gewißheit festzustellen, wo sich eine bestimmte Person zu einem bestimmten Zeitpunkt befunden hatte.
»Na, und . . .?« drängte Sarah.
Harry fragte nicht, was sie mit dieser Frage gemeint hatte, sah sie auch nicht an, sondern hielt seine Augen unbeweglich nach vorne auf die Straße gerichtet. »Später hat Charles mir dann beteuert: ›Ich habe sie niemals umbringen wollen. Das schwöre ich dir. Ich wollte ihr nur klarmachen, daß wir nicht die Narren sind, für die sie uns gehalten hat, und ihr bedeuten, daß sie von hier zu verschwinden hat.‹«
Daß Charles genau diese Worte gebraucht hatte, erkannte Sarah schon aus der monotonen Art, wie Harry sie wiederholte. Er berichtete nicht, sondern zitierte. Aber aus diesen Worten konnte man sich ein wahrheitsgemäßes Bild der Dinge machen, die sich damals zugetragen hatten: Charles hatte Nina zur Rede gestellt, während die Krankenschwester schlief. Natürlich hatte es zwei Tassen Tee gegeben,von denen die eine, harmlose, stehenblieb. Dann hatte ihm Nina wahrscheinlich noch spöttisch dafür gedankt, daß er ihr die Gelegenheit verschaffte, sich das Haar waschen zu können, und sich provozierend mit den Vorbereitungen dafür zu schaffen gemacht.

Als diese Frau, der sein Vater die Farm und den größten Teil seines Vermögens hinterlassen hatte, damals mit dem Rücken zu Charles und den Kopf übers Becken gebeugt dastand, war sie doch vollkommen schutzlos und ihm ausgeliefert gewesen. Aber obgleich sie Charles vom Gesicht ablesen konnte, weshalb er gekommen war, war sie ihrer so sicher, daß sie an ihrem augenblicklichen Vorhaben weitaus mehr interessiert war als an dem Mann, der dicht hinter ihr stand.
Vielleicht hatte überhaupt keine Absicht bestanden, sie wirklich zu verletzen, und der wütende Stoß gegen ihren Kopf war eigentlich nicht ernster zu nehmen als etwa eine im Jähzorn gegebene Ohrfeige? Nein. Das war ausgeschlossen. Davon war Sarah jetzt überzeugt. Bei einem Mann hätte Charles das vielleicht fertiggebracht, aber niemals bei einer Frau. Selbst zum Äußersten getrieben wäre er niemals imstande gewesen, eine Frau mit dem Gesicht im Wasserbecken einfach liegenzulassen, bis die Bewußtlose ertrinken mußte.
Doch gerade das hatte jemand getan. Aber nicht Charles. Obwohl er dem Mörder zu seiner Tat den Weg geebnet hatte. War das allein nicht Grund genug für seine Alpträume gewesen? »Was er Ihnen erzählt hat, ist mir ganz egal«, erklärte Sarah entschlossen. »Mich wird niemand davon überzeugen, daß Charles seine Stiefmutter umgebracht hat. Er hat die Krankenschwester betäubt – zugegeben! Aber eine solche Tat – nie im Leben!«
Aus dem Augenwinkel sah sie, wie Harry sich ihr rasch zuwandte, aber im Zwiespalt, ob er ihr zustimmen oder das eben Gehörte ablehnen sollte. Der Wagen bog um die Ecke zum Haus. Was Sarah jetzt sagte, war eine Herausforderung: »Aber das ist noch nicht alles. Denn auf Grund der Theorie, daß Nina von Charles umgebracht wurde, hat man sich zu fragen, wer Miss Braceway ermordet hat? Sie wollen doch nicht etwa be . . .«
Ohne jede Warnung und mit einer Wucht, daß es ihr tatsächlich das Wort im Munde abschnitt, riß Harry den Wagen scharf herum, bremste und hielt. Sie hatte sein Gesicht noch nie so gespannt, seine Augen nie so zornig gesehen. »Wenn Sie vielleicht meinen, daß *mir* die Sache weniger nahegeht als

Ihnen . . .« begann er, hielt dann wie erschöpft inne, als wäre jeder Versuch einer Erklärung hier ein Ding der Unmöglichkeit. Als er ihr in die Augen sah, war Sarah fast erschrocken. »Ich bin zwar nicht viel älter als Charles, aber er war mir immer wie ein jüngerer Bruder«, sagte er plötzlich. »Manchmal erstaunlich jung. Seine Ansichten waren geradezu kindisch intolerant. Die Entschuldigung menschlicher Schwäche existierte nicht für ihn. Er machte hier keine Ausnahmen, auch sich selbst gegenüber nicht. Aber Menschen, die er gerne hatte, umgab er immer mit einem Heiligenschein. Ich hätte es ihm voraussagen können, daß Nina von dem Piedestal, auf das er sie gestellt hatte, früher oder später mit einem Riesenkrach herunterfallen würde. Können Sie sich vorstellen, wie es in mir – seinem getreuen Harry – ausgesehen hat, als er dann mit Ihnen am Arm zu mir kam? Oder wie mir, weiß Gott! jetzt zumute ist, wenn wir ihn beide sozusagen aus dem Grab holen?«
Sarah fühlte sich wie zerschlagen. Sie sprach mit tief gesenktem Kopf, als redete sie zu ihren Händen: »Bitte, seien Sie mir nicht böse.« Und sie erinnerte sich wieder daran, daß Harry Charles ja viel besser gekannt hatte als sie und vielleicht sogar besser als seine eigene Familie; und daß Eigenschaften von Charles, die sie erstaunt hatten, wie zum Beispiel sein Mangel an wirklicher Kraft, Harry längst bekannt waren, aber seine Freundschaft für ihn nicht im geringsten beeinflußt hatten.
»Ich wollte wirklich nicht . . .« begann Sarah wieder.
»Ich auch nicht.« Ganz unerwartet lächelte er sie an, aber sein Lächeln wirkte nicht sehr überzeugend. »Und wegen Miss Braceway . . . Sie dürfen dabei nicht vergessen, daß seit Ninas Tod sechs Monate vergangen waren und daß sie inzwischen eine ganze Menge anderer Patienten gepflegt haben muß. Sie war ein Mensch von unersättlicher Neugier – das ist wohl auch die einzige Erklärung dafür, daß sie ihre Nase in den Schuppen auf der Nerzfarm stecken mußte. Vielleicht hat irgendein Trunkenbold dort seinen Rausch ausschlafen wollen und sie dort angetroffen . . .«
Er zuckte die Achseln und startete den Motor. Sarah war sich wohl bewußt, daß sie ihm schon wie der sprichwörtliche stete Tropfen auf dem Stein erscheinen mußte, nahm aber darauf

keine Rücksicht. »Also schön. Das erledigt die Sache Braceway. Aber wer hat den Psychiater in unserer Nachbarschaft ausgegraben – den einen einzigen Psychiater, der kurze Zeit darauf ins Ausland gehen würde – und ihn dann aufgesucht und sich als Charles ausgegeben? Und wer hat Charles umgebracht?«
Hinter einer Biegung erschien der eiserne Zaun, und die Tafel mit der Aufschrift »Vogel-Farm« kam in Sicht. Harry Brendans Frage klang jetzt sehr nüchtern: »Sind Sie denn davon absolut überzeugt, Sarah?«
Sie konnte ihren Ohren nicht trauen und brauchte einen Augenblick, um sich zu fassen. »Aber die Fahrkarten – ich habe sie Ihnen doch gezeigt, und die sind *unbedingt* vom selben Tag, die Sprechstundenhilfe des Arztes hat doch . . .«
Dann fiel ihr etwas ein und brachte sie zum Schweigen. Harry lenkte den Wagen durchs Tor und hielt vor der Scheune. Er sprach fast leichthin und ohne sie anzusehen: »Wie ist es Ihnen denn gelungen, Charles in einen Zug zu bekommen?«
Das war also der Haken, der Grund seines merkwürdigen Benehmens, und weshalb er immer wieder neue Einwände vorbrachte. Charles hatte seit jeher eine tiefeingewurzelte Aversion gegen Eisenbahnfahrten gehabt, die an eine Manie grenzte. Aber diese Abneigung war weder geheimnisvoll noch neurotisch, sondern er haßte Züge nur, weil sie schmutzig und lärmend waren, er haßte das schlechte Essen, die schlechte Bedienung und die dauernden Verspätungen. Glücklicherweise hatte er bei seiner Arbeit wenig zu reisen, und wenn es unbedingt notwendig war, flog er. Daher mußte sich Harry Brendan, als sie ihm die Fahrkarten zeigte, allerhand Gedanken gemacht haben. Aber was hatte er sich gedacht?
Wie konnte sie ihm böse sein, wenn sie selbst erst krampfhaft nachdenken mußte, um sich an eine Erklärung zu erinnern? Sarah sagte langsam, konzentriert, wie nachspürend: »Es war, weil . . . warten Sie einen Augenblick . . . weil gerade vorher dieses schreckliche Unglück beim Abflug vom Flugplatz in Chikago passiert war. Ich hatte Grippe und war ziemlich elend, und alles hat mich sehr aufgeregt, besonders, daß

Charles gerade damals fliegen wollte, und zum Schluß hat er mir versprochen, mit dem Zug zu fahren.«
In einem der schon seltenen Augenblicke der Unbefangenheit hatte er ihr lächelnd gesagt: »Hoffentlich ist dir bewußt, daß ich das niemand anderem auf der ganzen Welt zuliebe täte?«
Aus irgendeinem Grund tat ihr gerade diese Erinnerung besonders weh. Sie starrte wieder ganz blind auf ihre Hände im Schoß, und als sie dann den Kopf hob, sagte Harry langsam: »Ja, das stimmt, das würde er für niemand sonst getan haben.«
Seine Stimme klang ruhig, aber mit seinem Gesicht war eine undefinierbare Veränderung vorgegangen. Der Ausdruck des Widerstrebens, der Zurückhaltung war verschwunden. Als er die ganze Front des Hauses absuchte, war sein Blick scharf und forschend, als hätte sich an jedem Fenster ein Gesicht gezeigt. »Wenn die Sache *so* steht, ist es besser, daß Sie die Fahrkarten mir geben. Nein, nicht jetzt. Später und vor so vielen Zeugen wie nur möglich.«
Als sie ins Haus gingen, schien ihr alles verändert; die Gewißheit, daß Charles und auch Nina ermordet worden waren, hatte für sie das Haus in kalte Dunkelheit gehüllt.
Selbst Evelyns Begrüßung an der Tür, ihr Flüstern, ihre Wichtigtuerei, spiegelten diese veränderte Atmosphäre wider. Hunter stand auf, ragte einen Augenblick über ihnen und sagte dann rasch: »Ich mache euch einen Drink«, aber auch damit war die Stille kaum gebrochen. Selbst ehe er noch die Tür zum Eßzimmer geöffnet hatte – damit waren ein Abschnitt der zartgelben Wand, ein Fenster und Bess, die mit dem Rücken zu den anderen am Telefon stand, sichtbar geworden – merkte Sarah, daß jeder im Zimmer, Milo, Kate und Rob, verlegen, aber mit gespanntester Aufmerksamkeit lauschte.
Es gab allerdings nicht viel zu hören. Die Unterhaltung war so einseitig, daß Bess selbst bei ihren kurzen Antworten die Rede mitten im Satz abgeschnitten wurde. Sie sagte erst: »Ja, natür . . .« dann: »Ich kann mir vorstellen, wie . . .« und: »Wenn ich selber irgend etwas . . .« Indessen war die im Zimmer herrschende Spannung fast greifbar geworden.

Mit hochgezogenen Brauen und einem stummen Blick durchs Zimmer gesellte sich Harry Brendan zu den übrigen und begann eine gerahmte Federzeichnung zu studieren, als wäre sie eben erst an die Wand gehängt worden. Milo saß weit im Sessel zurückgelehnt und betrachtete ein chinesisches Geduldspiel, das in seinen kurzfingerigen, weißen Händen glitzerte, und das leise, aber wiederholte metallische Schnappen trug ihm ein paar stechende Blicke von Rob Clemence ein, der mit vorgestrecktem Kiefer ihm gegenüber auf dem Sofa saß. Kate saß am Fenster und betrachtete den Rasen mit natürlich scheinender Aufmerksamkeit, wenn auch ihre krampfhaft angespannten Halsmuskeln diesen Effekt zunichte machten.
Sarah zündete sich eine Zigarette an, die sie gar nicht rauchen wollte, lauschte ihren eigenen, jetzt auch immer rascher werdenden Pulsschlägen und begann mit einem abgebrannten Streichholz in der Aschenschale Schnörkel zu zeichnen, was sie häufig tat, wenn sie ihre Gedanken nicht konzentrieren konnte. Aber die Schnörkel waren diesmal nicht unzusammenhängend wie gewöhnlich. Von einer unbekannten Kraft gelenkt und zu ihrem eigenen Schrecken zeichnete das Streichholz in ihren Fingern erst den Buchstaben P, dann ein E und ein C in die Asche.
Das Telefon läutete und Bess kam wieder herein, nachdem sie gesprochen hatte. Sie sah entsetzt aus, und ihre kurzen grauen Locken waren verwirrter denn je, denn sie fuhr sich mit der behandschuhten Hand immer wieder durch die Haare. Sie sagte in ungläubigem Ton: »Das war Mrs. Peck. Die Polizei war eben bei ihr mit der Nachricht, daß Peck tot ist.«
Niemand im Zimmer bewegte sich. In der kurzen Pause hatte Sarah die Buchstaben in der Aschenschale ausgelöscht, und an ihrer Stelle war jetzt nur ein gläsernes Viereck zu sehen.
»Wie es scheint, hat er den ganzen Tag getrunken und muß auf dem Heimweg gestolpert und mit dem Kopf gegen den Felsen im Bach bei ihrem Haus gerannt sein«, erzählte Bess jetzt mit etwas kräftigerer Stimme. »Gestern nacht war's ja so schrecklich kalt, und nach dem vielen Schnee, den es bei uns gegeben hat, war das Wasser viel tiefer als sonst. Sie sind der Ansicht,

daß der Tod durch Erfrieren eingetreten ist.«
An Deutlichkeit läßt das ja nicht zu wünschen übrig, dachte Sarah, angestrengt bemüht, Harry Brendans Blick nicht zu begegnen.

13

Der Lunch wurde zu einer Art Gedenkfeier für Peck, an der aber nicht alle mit den gleichen Gefühlen teilnahmen, wenn sie auch mit einem zweiten Drink vor dem etwas verspäteten Essen einverstanden waren. Selbst Evelyn, die nur bei besonderen Gelegenheiten Sherry trank, nahm diesmal ihr Glas dankbar entgegen. Rob Clemence, dessen Sommersprossen in dem tiefgefurchten Gesicht unter seinem welligen Haar stärker als sonst hervortraten, lächelte ironisch: »Ich bin wohl hier nicht ganz im Bilde? Kann mich jemand vielleicht freundlichst aufklären? Meines Wissens war Peck heute früh noch ein unzuverlässiger Kumpan, ein berüchtigter Säufer und – ihr entschuldigt schon den Ausdruck – ein richtiger Schweinehund. Kann mir einer erklären, warum wir alle auf einmal mit hängenden Ohren dasitzen? Hat er sich denn inzwischen verändert?«
»Bedeutend«, meinte Harry Brendan trocken.
»Ach so, du meinst biologisch. Aber«, Rob wandte sich an Evelyn, »fangt mir jetzt nur nicht mit dem faulen Gerede an, daß man den Toten nichts Böses nachsagen darf. Wenn einer erst sterben muß, ehe man ihm ein gutes Wort nachsagen kann, dann . . .«
»Aber Rob!« sagte Kate fast flehend, und er schwieg achselzuckend.
Sarah, die neugierig zu Evelyn hinübersah, bemerkte erstaunt, daß auf dieser Seite keinerlei Neigung zu solchen abgedroschenen Bemerkungen vorhanden schien. Sonst hätte ein plötzlicher Todesfall bei ihr einen Schwall von Worten ausgelöst – endlose Schilderungen ähnlicher Todesfälle, von denen sie gehört oder gelesen hatte. Aber diesmal saß sie nur

in Schweigen gehüllt, die Lider gesenkt. Was hatte sich wohl damals hinter ihren Worten verborgen, als sie mit Sarah zum erstenmal nach ihrer Ankunft über Peck gesprochen hatte? War es Befriedigung, Frohlocken oder hämische Freude gewesen?

Milo war Sarahs Blicken gefolgt. Er schob seine Brille auf die Nase hinunter und blinzelte über den Rahmen zu seiner Frau hinüber. Dann erklärte er Sarah: »Sie hat eben ihre Zunge verschluckt. Na, guten Appetit!«

Evelyn lächelte nur geistesabwesend, hielt ihre Lider aber immer noch gesenkt. Sarah fand dieses Lächeln unheimlich und sah rasch weg.

Die anderen redeten weiter über Peck und was seine arme Frau jetzt wohl anfangen würde. »Einen Seufzer der Erleichterung ausstoßen«, meinte Rob geradeheraus. Es stimmte zwar, daß Peck eine Stellung immer genauso rasch verloren wie eine neue gefunden hatte, denn auf dem Land gab es ständig Arbeit, und trotz seiner vielen Fehler hatte er eine glückliche Hand mit Tieren und Geflügel gehabt. Mrs. Peck, offenbar eine Frau, die es verstand, ihren Willen durchzusetzen, hatte es immer fertiggebracht, ehe er wieder seine Runde durch die Kneipen machte, so viel von seinem Lohn in die Hand zu bekommen, daß sie nicht gerade verhungern mußten. Erstaunlich war nur, daß Peck seinen Wagen niemals gegen einen Baum gefahren hatte und daß es mit ihm nicht schon längst zu einem bösen Ende gekommen war.

Sarah hörte diesen Auseinandersetzungen zu und war etwas beruhigter. Einen Betrunkenen brauchte man ja wirklich nicht erst zu stoßen, der fiel von selber hin, und daß er im Bach bei dieser schrecklichen Kälte durch und durch naß wurde, hatte ihm wohl den Rest gegeben. Also ein Ende, wie es für Peck vorauszusehen war. Ihm genauso auf den Leib geschrieben wie damals der Krankenschwester ein gewaltsamer Tod.

»Ich möchte aber doch gerne wissen« – Evelyns Ton klang, als wollte sie sich für die Frage entschuldigen – »wo er das Geld dazu hergenommen hat.«

Es herrschte plötzlich Stille, bei der sich die allgemeine

Aufmerksamkeit auf Evelyn konzentrierte, was bei ihren sonstigen Bemerkungen nur höchst selten vorkam. »Na, er hatte doch gerade seinen Lohn bekommen«, meinte Hunter kurz angebunden und mürrisch.

»Ja, aber das war doch schon Donnerstag, nicht?« Ihre hellblauen Augen drückten nur harmlose Neugier aus. »Und wenn er den ganzen Abend und noch dazu den gestrigen Tag über getrunken hat . . . ich meine, Peck hat doch seinen Lohn sonst immer viel rascher durchgebracht, nicht?«

Rob lächelte spöttisch. »Da wir eben erst festgestellt haben, was für ein Prachtkerl Peck war, sollte ich jetzt eigentlich den Mund halten und nicht erwähnen, daß Peck sich kein Gewissen daraus machte, wie und woher er sich Geld beschaffte.«

Das Gespräch hatte jetzt eine peinliche Wendung genommen. Offenbar um das Thema zu wechseln, fragte Kate plötzlich: »Was hast du denn mit deiner Hand angestellt, Bess?«

»Mit meiner . . .? Ach, du meinst das hier?« Bess hob die rechte Hand hoch, als müßte sie sich erst wieder daran erinnern, und zeigte einen Schnitt – eher ein tiefer Stich – zwischen Daumen und Zeigefinger. »Das war Long John! Er war ja immer bösartig, aber jetzt wird es mit ihm täglich schlimmer. Ich glaube, daß ihn jemand gereizt haben muß. Wahrscheinlich diese Elwell-Rangen. Das sind ja reine Teufel.«

»Und in seinem neuen Käfig hat er sich wohl niemals recht eingewöhnt, nicht? Vielleicht weil er schon älter ist und seine festen Gewohnheiten hat«, meinte Kate nachdenklich. »Wenn er sich wieder etwas beruhigt hat, könntest du dieses Paar vielleicht in einen der weiter weg liegenden Käfige tun. Die Mandschu würden sogar wahrscheinlich lieber . . .«

Sarah hörte gar nicht mehr hin, was die Mandschu lieber hätten, denn die Umquartierung der Silberfasanen war wie ein Signal, das ihr Hirn aufnahm und festhielt. Aber wann hatte diese Umquartierung stattgefunden? Hatte Charles, als er sich die Reeves und Elliots notierte, die Silberfasanen auch erst in die Kategorie bösartiger Vögel eingereiht und später wieder ausgestrichen, weil sie damals in einem Außengehege untergebracht waren, das keine Gelegenheit zu einem Versteck bot?

Das wäre allerdings eine heikle Sache, wenn einer in dem Käfig von friedlichen, zahmen Fasanen, zum Beispiel Amhersts, etwas versteckt hatte, aber später entdecken mußte, daß dort ein kreischender, angriffsbereiter Silberfasan untergebracht war. Das ganze Jahr über wäre Long John niemals auf Bess losgegangen, seine tägliche Spenderin von Futter und Wasser, von Rosinen und Tomaten. Aber jetzt, beim Näherrücken der Brutzeit, würde er sich bestimmt auf jeden Eindringling stürzen und sich bei einem solchen Angriff wahrscheinlich sogar selbst verletzen.

So stand dieses Etwas, das wegen der Gefahr einer Suche nicht im Hause behalten werden konnte, gewissermaßen unter einer Schutzaufsicht. (Aber warum das Ding überhaupt behalten? Warum es nicht vernichten?) Damit war erreicht, daß die Dinge zunächst einmal in der Schwebe blieben. Bei vier Todesfällen war als Ursache Unglücksfall, Selbstmord oder Mord festgestellt worden. Wer für sie verantwortlich war, hatte gewiß Interesse daran, daß diese Balance nicht ins Wanken kam. War also anzunehmen, daß X etwas, das ihn belastete, in einem der Fasanenkäfige versteckt hatte, weil dieses Etwas nicht leicht zu zerstören war, oder vielleicht weil er – nachdem er Nina Trafton umgebracht hatte – nicht mehr genug Zeit dazu hatte? Wohl weil der Lieferwagen der Wäscherei vor dem Hause hielt und er flüchten mußte?

Nach vielen Monaten der Sicherheit und Ruhe für X war jetzt Sarah dahergekommen mit ihrer Auflehnung gegen die Motive für Charles' Selbstmord und ihrer halsstarrigen Entschlossenheit, den Dingen auf den Grund zu kommen.

Daraufhin würde X natürlich versuchen, sich des greifbaren Objekts zu entledigen, von dessen Existenz Charles entweder gewußt oder geahnt hatte. Doch ein sichtbarer Stich in die Hand und dazu noch ein paar geknickte weiße Schwanzfedern und etwa ein paar verschobene Planken im Stall wären zu deutlichen Spuren seiner Handlung geworden. Damit wäre

die haarfeine Grenzlinie zwischen Zufall und Vorbedacht mit verhängnisvollen Folgen überschritten worden.
Was hatte Bess doch vorhin über den Silberfasan gesagt? »Jemand muß ihn gereizt haben.« Und Bess hatte jetzt eine Wunde an der Hand.
»Sarah!« rief Harry Brendan laut. Sein grübelndes Schweigen während des Mittagessens war niemandem aufgefallen, denn bei ihm war man das gewohnt. Da er Peck kaum gekannt hatte, konnte er sich in das Gespräch ohnehin nicht einmengen. »Ehe ich es wieder vergesse – haben Sie Charles' Notizen für mich gefunden? Er sagte mir damals, daß er sie auf irgendeinem Zettel niedergeschrieben hätte – eine Geschäftsangelegenheit«, meinte er erklärend zu Bess, »die nicht übersehen werden darf.«
»Ich weiß nicht recht«, antwortete Sarah, und obgleich alles schon im Wagen zwischen ihnen abgemacht und der Briefumschlag schon vorbereitet worden war, den sie aus ihrem Koffer geholt hatte, klang ihre Stimme jetzt unnatürlich. »Ich glaube, ich habe es vergessen, aber ich habe alle Zettel und Fahrkarten und Geschäftspapiere aufgehoben. Glauben Sie, daß sie darunter sein könnten?«
Alle im Zimmer horchten auf und sahen, wie der Briefumschlag übergeben wurde. »Wahrscheinlich. Danke!« Harry steckte ihn achtlos in seine Tasche und sah auf die Uhr. »Wo wolltest du eigentlich um drei Uhr sein, Kate?«
Sarah wich Bess' erwartungsvoll fragendem Blick aus und ging in ihr Zimmer hinauf. Denn sobald sie sich mit dem Verkauf der Farm einmal einverstanden erklärt hatte, war kein Vorwand mehr vorhanden, noch länger hierzubleiben. Ihre Gedanken folgten Harry Brendan auf seiner Fahrt mit Kate, der so gelassenen Kate, die immer den Dingen gewachsen war. Kate mit dem kindlich-zerzausten, glänzend schwarzen Haar, dem weißen Hals und den grauen Augen.
Sarah stand vor dem Spiegel und betrachtete sich sehr gründlich und objektiv. Ihr war klar, daß sie hier nicht konkurrieren könnte, wenn Kates Typ auf Harry Eindruck machte. Denn sie sah alles eher als gelassen aus, war blaß, gehetzt und höchst unausgeglichen. Jemand, der Harry

wahrscheinlich so leid tat, daß er sie aus reinem Mitleid in die Arme genommen hatte.
Im Haus unten war alles still. Leise und vorsichtig, diesmal ohne alle Gewissensbisse, schob sie den kleinen Riegel an der Tür zum Gastzimmer zurück, drehte den Türknauf und ging hinein.
Eines der Doppelbetten stand noch immer gegen den eingebauten Wandschrank geschoben wie an dem Tag, als Hunter ihr mit dem Regenmantel überm Arm dort begegnet war, und auf dem Bett lag ein Klappstuhl. Tapetenstreifen wirbelten ihr um die Füße, als sie durchs Zimmer ging, den Klappstuhl vom Bett nahm, lauschte, ob durch den Heizkörper von unten her irgendein Geräusch zu hören war, und dann das Bett zu verschieben begann.
Es war leicht und mußte bloß ein wenig geschwenkt werden. Im Wandschrank war eine ganze Sammlung von Kleiderbügeln aus Draht, Sommerkleider in zwei Plastikhüllen und in einem Fach darüber eine Menge Bücher, die wie Rechnungsbücher aussahen.
Das waren sie auch. Beim Durchblättern sah Sarah die verschiedensten Eintragungen: »$ 350 für Gartentraktor. Sturmschaden am Hühnerhaus $ 75. Versand Wachteleier Mai bis Juli 100 Dutzend.«
Zwischen den Seiten eines zweiten Rechnungsbuches fand sie die Kopien eines Kontrakts, der sich auf das Pflügen von Ackerland, das neuerliche Aussäen von Grassamen auf Wiesengrund und auf einen Streifen Land bezog, der sich etwa viertausend Fuß nordwärts erstreckte und dort begrenzt war von ... und so weiter ... und der dem Adressat verkauft werden sollte.
Die Kopie war undatiert, wies nur die Anrede »Sehr geehrter Herr« auf und war natürlich nicht unterzeichnet. Es dauerte eine ganze Weile, bis Sarah klar wurde, daß der Gideonsche Besitz offenbar vergrößert worden war oder werden sollte.
Um welche Summe würde sich daher der Wert der Farm, in Anbetracht der neuen Autostraße an der Südgrenze, erhöhen? Der Besitz erstreckte sich, soweit das Auge reichte und um mindestens sechs bis acht Hektar darüber hinaus, und wie

hoch mochte wohl jetzt der Marktpreis pro Hektar stehen? War dieses Dokument der Grund, daß man sie hier nicht in die Nähe lassen wollte und daß Bess so sehr darauf gedrängt hatte, daß Hunter Sarahs alten Regenmantel aus dem Wandschrank herunterholen sollte?

Dann fand sie noch irgendein Buch, das ganz mit Staub bedeckt war. Sarah griff danach, und schon vor dem Herunternehmen fühlten ihre Finger zartes Kalbsleder. Es war ein hübscher, kleiner, dunkelblauer Band mit goldgeränderten Seiten. In dem Miniaturschloß steckte der Doppelgänger des winzigen Schlüssels in Sarahs Handtasche.

»Gestern nacht heftige Stürme, Ausläufer eines Orkans«, stand in Nina Traftons geläufiger Schrift zu lesen. »Habe den Forstwart geholt, damit der gespaltene alte Kirschbaum vielleicht doch noch gerettet werden kann. Zwei Vogelnäpfe zerschlagen. Müssen ersetzt werden. . . .«

Dann auf einer anderen Seite: »Der erste Frost. Hübsch anzusehen, wie die Sonne darauf schien, aber für unsere armen Astern das Todesurteil. Obstgärten werden verlassen sein, wenn ihre Bewohner nach Süden ziehen.«

Obstgärten? Welche Obstgärten?

Sarah ging die Seiten weiter durch. Sie fand noch eine ganze Menge allgemeiner Bemerkungen über das Wetter und die Natur und eine längere Beschreibung der Vogelrufe bei Morgengrauen. »Welcher Vogel mag das wohl sein, der immer unter meinem Fenster singt? – Es klingt genau so, als ob man zwei Messer gegeneinander schärfen würde.«

Unter *meinem* Fenster!

Nur ein einziger Name wurde erwähnt, und auch der nur selten: der Name Edward Traftons. Aber diese Erwähnung war irgendwie unorganisch und gekünstelt. »Edward sagt, daß es jetzt schon bald Zeit sei, Stroh unter die Erdbeeren zu tun. Wir haben Cranford-Erdbeeren. Sie sind zwar sehr klein, aber ihre Farbe ist intensiver und ihr Duft stärker.« – »Heute früh sah Edward einen rotkehligen Kolibri.«

Kolibri?

Beim Lesen hatte Sarah immer mehr das Gefühl, daß es sich hier kaum um persönliche Notizen, sondern vielmehr einfach um die Abschrift einer Korrespondenz von Naturfreunden aus den Spalten einer Zeitung handelte und daß Edwards Name nur eingeworfen wurde, um der Sache einen wahrheitsgemäßen Anstrich zu geben.

Selbst angenommen, daß ihre Naturliebe wirklich echt war, blieb die Frage immer noch offen, ob eine so berückend schöne Frau wie Nina Trafton sich in einem Tagebuch, das nur für ihre eigenen Augen bestimmt war, so neutral ausgedrückt, ihre Persönlichkeit so hintenan gestellt hätte? Gab es denn überhaupt eine Frau – besonders wenn sie mit den Angehörigen ihres Mannes in einem Haushalt lebte – die imstande gewesen wäre, in ihrem Tagebuch jede geringste Anspielung auf persönliche Dinge zu unterdrücken? Das Ganze war ein einziger, ungeheurer Widerspruch.

Falls sie aber bei ihren Eintragungen beobachtet worden wäre und dann ein Neugieriger seine Nase in ihr Tagebuch gesteckte, hätte ihm seine Mühe nichts eingetragen als Berichte über Strohunterlagen, Kolibris und die Angabe von Windstärken.

Dazu kam noch die Frage des zweiten Schlüssels. Bloß ein Duplikat, falls der erste verlorengehen sollte? Möglich. Aber in diesem Falle würde Charles ihn nach Ninas Tod gewiß nicht aufbewahrt haben. Wenn er ihn aber an einer ihm verdächtigen Stelle entdeckt hätte, dann wäre ihm – der inzwischen soviel über Nina erfahren hatte – dieser zweite Schlüssel unbedingt wichtig gewesen. Denn die nächstliegende Erklärung war hier: zwei Schlüssel, also zwei Tagebücher, die einander, abgesehen vom Inhalt, aufs Haar glichen. In ihrem zweiten Tagebuch konnte sich Nina daher ohne jeden Rückhalt über alles auslassen.

Aber so ein Tagebuch war kein Ding, das leicht und unbemerkt verbrannt werden konnte. Es war in blaues Kalbsleder gebunden, hatte ein Schloß und an den Ecken des Einbands Messingbeschläge . . . Doch es durfte auf keinen Fall gefunden werden, denn damit wäre der Eindruck, daß Ninas Leben und auch ihr Tod vollkommen einwandfrei und unverdächtig waren, endgültig widerlegt worden. Sarah ging in ihrem Zimmer ruhelos auf und ab. Dann erinnerte sie sich, daß man unten im Eßzimmer jeden Schritt hören konnte, bezwang sich und setzte sich aufs Bett. Sie hatte sich vor Augen zu halten, daß dieses zweite Tagebuch vorläufig nur in ihrer Phantasie existierte. Aber der Schlüssel war keine Einbildung, noch die Notiz, die sich Charles am Tage seines Todes gemacht hatte, oder seine Alpträume.

Und gewiß nicht Nina selbst. Jedes Wort, jeder Blick, jede kleinste Einzelheit, die sich auf Nina bezog, bestärkte Sarah in ihrer Überzeugung, daß diese Frau einer zügellosen Leidenschaft zum Opfer gefallen war, gleichgültig ob es sich um Liebe, Haß oder Eifersucht gehandelt hatte. Daß sie sterben mußte, weil sie eben Nina war. Die sich eingebildet hatte, mit dem Geschick einer Seiltänzerin zwischen Menschen hin und her balancieren und einen gegen den anderen ausspielen zu können – ein Kunststück, das ihr aber nicht geglückt war.

Irgendwie tat sie Sarah sogar leid, denn sie war trotz allem ein lebenswarmes Geschöpf gewesen, und was immer sie auch getan hatte, so war doch nicht zu leugnen, daß sie den ahnungslosen Edward Trafton vollkommen glücklich gemacht hatte. Selbst jetzt noch, nach all den Monaten, die inzwischen vergangen waren, mußte sich sogar ein vollkommen fremder Mensch wie Sarah mit Gewalt von ihrem Einfluß lösen wie von einem berückenden Bann.

Bei Licht betrachtet – nämlich von der Tatsache ausgehend, daß Charles Miss Braceway ja wirklich betäubt hatte und zu Nina hineingegangen war, sie aber lebend verlassen hatte, entweder in ihrem Schlafzimmer oder als sie in aller Ruhe Handtuch und Shampooflasche holte – waren seine Alpträume vollkommen verständlich. Er hatte sich für ihren Tod verantwortlich gefühlt, der für ihn, trotz seiner Abneigung gegen sie, ein Schock gewesen war; aber damit war auch die Tragödie, für die er die Szene vorbereitet hatte, abgeschlossen gewesen. Allerdings nur, bis er von dem Mord an der Krankenschwester gehört hatte. Sarah erinnerte sich noch daran, wie sein Gesicht schneeweiß wurde, als Kate ihm an dem Sommerabend davon erzählt hatte. Daraus mußte er gefolgert haben, daß Miss Braceway, die ja immer ihren guten Ruf hartnäckig verteidigte, sich an etwas erinnert hatte oder

plötzlich imstande gewesen war, einen Beweis vorzubringen, der Ninas Tod zum Mord stempelte.
Ebenso stand fest, daß es sich um jemanden aus Charles' engster Umgebung handeln mußte, der von seinen Vorkehrungen Kenntnis hatte, wußte, daß die Krankenschwester schlief und daß Nina voraussichtlich allein sein würde. Jemand, dem Charles sich unüberlegterweise anvertraut oder der seine vertrauliche Unterredung mit Harry Brendan belauscht und ihn daraufhin ständig im Auge behalten hatte.
Pecks Verhaftung war für Charles wie eine Begnadigung gewesen. Denn wenn die Krankenschwester das Opfer eines gewalttätigen Trunkenbolds war, hatte das nichts mit Nina zu tun. Wenn das Charles auch seiner moralischen Schuld nicht entledigte, war er jedenfalls nicht mehr der unfreiwillige Komplize eines Mörders.
Aber mit Pecks Haftentlassung war wahrscheinlich die Bürde – wie alle Lasten, deren man sich für kurze Zeit ledig glaubt – ganz und gar untragbar geworden. Noch dazu ohne den Trost, sie mit seiner Frau teilen zu können. Von Schuldgefühlen besessen, unfähig, seine Tat vor sich selbst entschuldigen zu können, fehlte ihm auch der Glaube, daß Sarah ihn vielleicht milder beurteilen könnte als er selbst. Er besaß nicht mehr den Mut, reinen Tisch zu machen selbst auf die Gefahr hin, von ihr verlassen zu werden, obwohl er genau wußte, daß sein Schweigen die Beziehung zwischen ihnen ebenso zum Scheitern brachte, wie sein Geständnis es vielleicht getan hätte. Seine Ehe ging in die Brüche, er hatte sich seiner Familie und seinem Freundeskreis entfremdet. Und wenn er gehofft hatte, daß ihm hier vielleicht die Zeit zu Hilfe kommen würde, war jetzt auch diese Hoffnung gescheitert. So war er zu dem Entschluß gelangt, daß er mit der Wahrheit herausrücken müßte, gleichgültig, welche Folgen das auch für ihn selbst und ein bestimmtes Mitglied seiner engeren Familie haben mußte. Aus diesem Entschluß hatte er offenbar kein Hehl gemacht.
Die Erinnerung griff mit kalten Fingern nach Sarah und rief ihr zurück, wie Charles eines Abends überreizt und gehetzt nach

Hause gekommen war. Wie fiebrig seine Augen geglänzt hatten, und das ironische Zucken seines Mundes bei ihrem Vorschlag, das Wochenende doch auf der Farm zu verbringen. Er hatte sich mit gleichgültiger Hast einen Drink – eine wahre Riesenportion – zurechtgemischt, aber als er ihr das Glas zum zweitenmal grüßend entgegenhob, klang sein Trinkspruch keineswegs gleichgültig, sondern bedeutungsvoll und gewichtig.

Wahrscheinlich hatte X ihn beruhigt und ihm zugeredet: »Warte doch! Denk doch an Sarah. Vergiß nicht, daß es ja auch um ihre Zukunft geht, und schließlich bist du ja nicht sicher, daß der Mord an der Krankenschwester nicht wirklich ein reiner Zufall war. Weißt du was – ich gehe zur Polizei und pulvere sie ein bißchen auf und laß es dich dann wissen.«

Denn obwohl Charles' Todesurteil schon gefällt war, durfte es nicht ausgeführt werden, ehe eine Erklärung zur Verfügung stand, die sich logisch aus Charles' Charakter ergab. Etwa wie Ninas leichtsinnige Eitelkeit oder Pecks haltloses Stolpern in den Bach.

Charles war daher eine Gnadenfrist von drei Wochen gegönnt worden. Drei Wochen für drei Besuche bei einem vorsichtig gewählten Psychiater und für die Herstellung einer Spur, die zu Sarah führen sollte, falls sein Selbstmord nicht ohne weiteres geglaubt würde. Mit dem Flugzeug war die Entfernung zwischen Boston und New York nicht größer als die Strecke zwischen Preston und Boston, und wer in Preston konnte wissen, daß X nicht einfach nach Boston gefahren war, um dort Weihnachtseinkäufe zu machen oder weil er dort zu irgendeiner Feier eingeladen war?

Wenn man bedachte, welche Dinge Charles beabsichtigte, über seine Person und – unvermeidlich – auch über Nina zu enthüllen, hatten diese drei Wochen wirklich für ihn eine bis ins Unerträgliche gesteigerte Nervenanspannung zur Folge gehabt.

Sarah hatte keine Uhr, und ihr war jedes Zeitgefühl abhanden gekommen. Seit ihrem vierzehnten Lebensjahr hatte sie keinen Film in einen Apparat eingelegt, aber dieser Kameratyp hatte sich seither nicht geändert. Sie ging nach unten, um sich ihren Mantel zu holen, und schlenderte dann aus dem Hause wie jemand, der nichts Besseres vorhat, als die Schönheit der Fasanen im Bilde festzuhalten.

14

Die Reeves- und Amherst-Fasanen tanzten ihren Hochzeitstanz. Sarah hatte sie dabei schon früher einmal beobachtet. Trotzdem war sie von dem Schauspiel wieder fasziniert. Denn für sie war dieses Ritual der Paarung etwas, das man eigentlich nur nach tagelangem, ungeduldigem Warten an irgendeiner verborgenen Stelle tief in den Wäldern zu sehen bekam.

Beide Hähne, der Reeves mit seinem wie Seide und Spitzen schimmernden blaßgoldenen Gefieder und der Amherst, Rotgold und irisierendes Blaugrün über der weißen Brust, schienen sich ebensosehr voreinander zu produzieren wie vor ihren ungeduldigen Hennen. Erst kamen ein paar rasche, leicht und zierlich tänzelnde Schrittchen, dann bauschten ihre Federmäntel sich plötzlich in alle Richtungen so hoch, daß sie ihre runden, feurigen Augen fast verdeckten, und gleichzeitig führte ihr glänzender Leib einen tiefen seitlichen Knicks aus, der das Gefieder so vorteilhaft wie möglich zur Schau stellte. Jede kleinste Pause in dieser Vorführung war regelmäßig von lautem Zischen begleitet, und die farbig geränderten Schwanzfedern breiteten sich dabei weit aus. Beide Hennen schienen im Innern des Käfigs etwas äußerst Dringendes vorzuhaben, aber der Weg war ihnen von den immer wiederholten gleitenden Tanzschrittchen, den unter Zischen vollführten Verbeugungen mit gebauschtem Gefieder abgeschnitten.

In dem mittleren der drei eingefriedeten Ausläufe vor dem Stall hatte sich der Silberhahn aufgepflanzt und betrachtete das Schauspiel mit offensichtlicher Wut. Sein glänzend schwarzer Kamm war steil aufgerichtet, und er sah aus wie ein blutdürstiger Indianerhäuptling auf dem Kriegspfad. Trotz des schützenden Drahtgitters machte Sarah unwillkürlich

einen Schritt nach hinten, als er sich plötzlich kerzengerade aufrichtete, wütend krähte und rauschend begann, die mächtigen, schneeweißen Flügel zu schlagen.
»Ein richtiger Satan, nicht?« sagte Hunter bewundernd neben Sarah. »Und sieh dir nur den alten Grenadier dort an. Nicht halb so liebestrunken, wie er sich gibt. Paß mal auf!«
Er steckte ein Stückchen Brot durchs Gitter. Der Amherst-Hahn hörte mitten in seinem Tanz auf, packte das Brot gierig, wartete, ob nicht noch etwas nachkommen würde, und nahm dann seinen Tanz wieder auf. Aus ihrer Versunkenheit gerissen, merkte Sarah, daß jetzt, da Peck fehlte, alle zur Arbeit gezwungen waren. Milo kam mit einem leeren Futterbehälter, und Bess tauchte aus dem Käfig der Mandschu auf, einen der großen, blauen Vögel fest in ihrem erfahrenen Griff. »Woher kommt bloß diese Augenkrankheit?« fragte sie Hunter besorgt. »Kannst du mir das Argyrol holen und etwas Watte und Borax, wenn welches da ist?«
Der Fasan ließ die Behandlung ruhig, wie hypnotisiert, über sich ergehen. Bess trug ihn weg und sprach ihm dabei dauernd leise zu. Hunter sah Sarahs Kamera. »Willst du Aufnahmen machen?«
»Ja, eigentlich schon. Aber ich weiß nicht, ob es klappt. Ich glaube nicht, daß ich's mit dem Amherst an Tempo aufnehmen kann.«
»Bess hat vergangenes Frühjahr mit ihren Aufnahmen Glück gehabt. Sie hat sicher noch irgendwo ein paar Abzüge.«
War das wirklich eine automatische Geste der Hilfsbereitschaft, oder wollte er sie nur auf die Probe stellen? Sarah lächelte ihm zu: »Ich möchte mein Glück doch lieber selbst versuchen. Hast du noch ein wenig Brot, um ihn herzulocken?«
Hunter sah sie erst lange ruhig an, bis sie beinahe rot wurde, und antwortete dann sehr freundlich: »Natürlich!« Er sah sich suchend um. »Am besten dort drüben . . .«
Dann führte er sie zu einer Stelle, die sich ideal für ihren Zweck eignete; die Sonne schien ihr über die Schulter, und der Amherst-Hahn stand wie ein richtiger Märchenvogel gegen die dunklen, schneebedeckten Fichtenzweige. Sarah

schwenkte den Apparat ganz unmerklich – scheinbar, um eine schärfere Einstellung zu erzielen, bis der Sucher Hunters scharfes, lebendiges und wachsames Profil zeigte. Irgend etwas, vielleicht die Art, wie sein Haar im Licht aufglänzte, gab ihm eine flüchtige Ähnlichkeit mit Charles. Über den Apparat gebeugt, sagte sie: »Verzeih, daß ich dich aufhalte, aber das Ding scheint. . .« Hunter wandte ihr unwillkürlich das Gesicht zu.

». . . nicht zu funktionieren«, vollendete Sarah den Satz. Doch plötzlich hob er den Kopf, und gleichzeitig schnappte auch der Verschluß.

»Danke«, sagte Sarah mit erzwungener Herzlichkeit. »Jetzt werde ich's mal von dort drüben versuchen.«

Sie tat, als wollte sie die japanischen Kupferfasanen fotografieren. Aus dem Augenwinkel bemerkte sie, wie Milo sich ihr immer mehr näherte.

Ohne darauf zu achten, schlenderte Sarah zu den Mandschu, tat, als ärgere sie das schwindende Licht und erreichte damit ihr Ziel. Milo stellte sich ihr mit gespielter Gekränktheit in den Weg. »Und wann werde ich die Ehre haben, aufgenommen zu werden?«

War sich denn der Mann, der sich für Charles ausgegeben hatte, nicht der Gefahr einer Kamera in Sarahs Händen bewußt? Milo nahm neben einem Käfig Aufstellung.

»Einen Augenblick, bis die Henne etwas näher kommt . . .«

Aber so schnell auch ihr Finger auf den Verschluß drückte, war Milo doch noch schneller gewesen und hatte das Gesicht zu einer unkenntlichen Fratze verzogen.

Bis jetzt war das Ergebnis zwei Aufnahmen: eine davon verschwommen und verwackelt und die zweite eine Grimasse, die in ein Witzblatt paßte. Irgendwann mußte sie also die Aufnahmen wiederholen, und diese Bilder – wenn auch vielleicht keine en-face-Aufnahmen – würden trotzdem ihren Zweck erfüllen.

Auf dem Rückweg zur Scheune ging sie wieder an den Ausläufen vorbei. Der Amherst-Hahn war immer noch in seine zierlichen Tanzschrittchen versunken, aber der Reeves spazierte jetzt gelangweilt umher. Der Silberfasan folgte Sarah

den Zaun entlang, als hätte er ihre Gedanken gelesen.
Wenn sie die Käfige wirklich durchsuchen wollte, mußte das nachts geschehen, wenn die Fasanen schlafbenommen auf ihren Stangen hockten.
Sarah wandte den Kopf und sah noch einmal nach hinten auf den vom Stroh halbverdeckten Bretterboden und wäre dabei fast in Evelyn hineingerannt.
Sie sah merkwürdig erhitzt aus, mit roten Flecken im Gesicht. Wegen der Wachteln wagte sie sich nur selten in die Scheune. Sie sagte hastig: »Jemand ist am Telefon und möchte mit Bess sprechen.«
Damit hatte sie sich auch schon umgedreht und war schnell in dem Gang zur Küche verschwunden. Vielleicht weil das Telefon überhaupt nicht geläutet hatte? Denn nicht nur konnte vom Laufen keine Rede sein, sondern sie hatte sich überhaupt nicht vom Fleck gerührt. Hatte sie durchs Scheunenfenster das äußere Gehege beobachtet?
Durch dieses Fenster konnte man auf die weiter entfernten Käfige und sogar auf einen Teil des Auslaufs für die Amherst-Fasanen sehen. Von hier aus hatte sie Hunter sehen, Sarah beim Fotografieren und Milos Grimassen beobachten und sogar Bess' rasche, energische Bewegungen beim Hantieren mit den Vögeln verfolgen können. Sarah entdeckte auch, daß man durch eine zackige Lücke zwischen den Fichten die Sicht bis in den Hinterhof der beiden Clemences hatte.
Harry Brendans Wagen war eben wieder zurückgekehrt, und wahrscheinlich auch Kate.
Die Fasanenkäfige mußten eben bis zu einem geeigneteren Moment, wenn alles schlief, warten. Aber die Unterredung mit Kate Clemence nicht.

»Ja, das stimmt«, sagte Kate, als sie in ihrer makellos sauberen Küche den Tee zubereitete. Die Küchentür war geschlossen. »Ich hätte mich an dem Tag mit Charles treffen sollen, aber weil er dann doch keine Zeit gehabt hatte, wäre es ja sinnlos gewesen, die Sache später noch besonders zu erwähnen. Damals kannte ich Sie ja noch nicht so gut und fürchtete, daß Sie« – sie lächelte Sarah dabei munter und offen an – »das

mißverstehen würden.«
Sarah sprach in demselben leichten Ton wie Kate: »Damit hatten Sie recht. Denn gewöhnlich können jungverheiratete Frauen für solche Dinge kaum Verständnis aufbringen. Hat Ihnen Charles übrigens nicht gesagt, weshalb er das lieber nicht erwähnt haben wollte?«
»Er hat mir nur gesagt, daß er sich fürchtet.«
»Vor was denn?«
»Sarah, meinen Sie nicht, daß Sie diese Geschichte einfach vergessen sollten?«
»Warum sollte ich sie denn vergessen, Kate?« *Seht, der Träumer kommt daher . . .* mußte sie plötzlich denken.
Kate sah auf ihre Teetasse. »Ich glaube, daß Charles betrunken war, als er mich damals anrief. Mir persönlich war das an ihm so gänzlich neu und ungewohnt, daß ich seinen Worten damals vielleicht nicht genügend Gewicht beigelegt habe. Er behauptete nur, daß seine Heirat ein schrecklicher Fehler gewesen sei und daß er sich unbedingt mit jemandem darüber aussprechen müsse, aber daß er Angst davor habe, was Sie anstellen würden, wenn Sie dahinterkämen.«
»Was zum Beispiel?« fragte Sarah leise und beharrlich. Sie mußte jetzt einfach weiterfragen. »Ihm davonlaufen? Oder ihn in einem Wutanfall aus dem Fenster stoßen?« Sie ging rasch quer durch die Küche und wieder zurück. »Angenommen, daß das alles wahr sein soll, möchte ich nur wissen, was Sie dabei tun konnten.«
Daß gerade in diesem Augenblick die Küchentür aufging und Harry und Rob hereinkamen und einen Drink verlangten, war vielleicht ein glücklicher Zufall. Harry, der anscheinend die Stimmung zwischen den beiden Frauen gefühlt hatte, nahm Kates Teetasse und leerte sie in das Spülbecken.
Er mischte Kate einen Drink, und beide gingen aus der Küche. Damit war Sarah mit Rob allein. Nach einem raschen Blick fragte er sie trocken: »Trinken Sie auch einen Whisky?« Und – als sie nur den Kopf schüttelte – »Und was war das Thema dieses weiblichen Plauderstündchens?«
Seine Frage war leichthin gestellt, aber die Pause, die ihr folgte, war bedeutsam. »Natürlich Charles«, antwortete Sarah

kurz. »Ein Gesprächsgegenstand, der anscheinend eine Unmenge kleiner Überraschungen bieten kann.«
»Wirklich?« Die ruhige, sommersprossige Hand hielt die Flasche geneigt. Sarah sah fasziniert zu, wie ein dünner Strahl der Flüssigkeit sich ein paar Zentimeter weit vom Rand des Glases auf die Tischplatte ergoß. »Für wen denn?«
»Für mich. Jedenfalls bis jetzt«, antwortete Sarah und griff nach einem Schwamm, weil sie sah, daß Rob die Pfütze des vergossenen Whiskys überhaupt nicht bemerkt hatte.
Ohne seine scharfen, grauen Augen von ihr zu wenden, nahm er ihr den Schwamm aus der Hand. Seine Kiefermuskeln waren so angespannt, daß seine Stimme jetzt gepreßt und geradezu drohend klang. »Also *da* liegt der Hund begraben. *Das* ist der Grund, weshalb Sie sich weigern, Bess ihre Seelenruhe wiederzugeben. Einfach nur, weil Sie sich selber Genugtuung verschaffen wollen. Wie, ist Ihnen egal. Sie sind fest entschlossen, einen anderen Grund dafür zu produzieren, daß Charles zu einem Psychiater gegangen ist.«
Einen anderen Grund? Harry Brendan war der einzige Mensch gewesen, zu dem sie über den wahren Grund gesprochen hatte, und der würde es nicht anderen weitergesagt haben. Ganz gewiß nicht.
Sarah kochte noch vor Wut über die Dinge, die sie von Kate zu hören bekommen hatte, und dieser neue Verdacht nahm ihr so sehr die Fassung, daß sie jetzt alle Vorsicht vergaß. Sie nahm ihre Handtasche und sagte schroff: »Ich glaube kein Wort davon, daß Charles je zu einem Psychiater gegangen ist. Und genausowenig, daß er sich aus dem Fenster gestürzt hat. Wenn Sie mich vielleicht warnen wollten, daß ich noch viel schlimmeren Dingen auf die Spur käme, falls ich diese Sache weiterverfolgen würde, so kann ich Ihnen nur sagen, daß ich, angeblich in meinem eigenen Interesse, schon mehrfach gründlichst gewarnt wurde. Aber ich schenke diesen Warnungen genausowenig Glauben.«
In dieser Verfassung war eine nochmalige Begegnung mit Harry oder Kate vollkommen ausgeschlossen. Sie ging zur Hintertür, die aus der Küche führte. Rob rief in gespielter Angst: »Achtung! Sie beißt.« Und fuhr in ganz verändertem

Ton fort: »Vielleicht ist Ihnen auch in *dieser* Hinsicht schon eine Warnung erteilt worden – aber meinen Sie nicht, daß es ein ziemlich gewagtes Unternehmen ist, zu allen Leuten über solche Dinge zu reden, selbst vorausgesetzt, daß Sie im Recht sein sollten?«

»Ich *bin* im Recht«, erklärte Sarah sehr gelassen und ruhig. »Und wahrscheinlich besteht hier auch eine gewisse Gefahr – Gefahr für eine ganz bestimmte Person.«

Während dieser Auseinandersetzung war ihr jedes Zeitgefühl abhanden gekommen, so daß sie beim Öffnen der Tür von der Abenddämmerung völlig überrascht war. Beim Hinausgehen wandte sie sich um und fragte ganz freundlich und leichthin: »Haben Sie übrigens Milos Porträt Ihrer Kusine gesehen? Ein ziemlich gewagtes Unternehmen, solche Dinge auf die Leinwand zu bringen!« Und ließ die Tür leise hinter sich ins Schloß fallen.

Sie ging nicht sogleich die Holzstufen hinunter, sondern sah durch das vorhanglose Fenster in die erleuchtete Küche zurück, wo Rob Clemence noch immer am Spülbecken stand, den gänzlich vergessenen Schwamm so krampfhaft festhielt, daß seine Knöchel weiß hervortraten. Während sie ihn beobachtete, ließ er den Schwamm fallen, nahm sein Glas und ging rasch aus der Küche. Sarah war eigentlich gar nicht erstaunt, als sie sah, daß er überhaupt nicht hinkte.

15

Bess hatte wieder das gewöhnliche, um sechs Uhr abends fällige Verwandlungskunststück vollbracht: kurzes, graues Haar über dem ausdrucksvollen, sehr arroganten Gesicht gewellt und hochgebürstet, erschien sie jetzt – im kompletten Kontrast zu ihrer rauhen und schäbigen Tageskleidung – in einem einfachen, schwarzen, dekolletierten Abendkleid. Sarah sah Bess auf einmal mit ganz neuen Augen. Sie erkannte, daß Bess ihr Doppelleben nicht nur betont zur Schau trug, sondern daß sie die eine Existenz um so mehr genoß, weil

ihr ja der Ausweg in die andere blieb. Diese allabendliche Verwandlung war also nicht ein Spiel, sondern ein feierliches Zeremoniell.
Charles hatte sie immer zärtlich seine »Fürstin von und zu der Vogel-Farm« genannt. Wie war es einer Frau von so selbstverständlicher Überlegenheit nur möglich gewesen, sich einer Frau wie Nina Trafton unterzuordnen? Wie hätte Bess darauf reagiert, wenn Nina Trafton nach dem Tod ihres Mannes geplant hätte, die Farm zu verkaufen?
Das tiefe Blau der Abenddämmerung wurde im Augenblick, als Sarah in das gelbe Licht im Wohnzimmer trat, zu nächtlicher Schwärze. Die Zeit war gekommen: zu einer Unterredung, die sicher viel förmlicher sein würde als die erste, in Bess' Schlafzimmer.
Normalerweise wäre es jetzt Zeit für die Cocktails gewesen, aber weder Hunter noch Milo oder Evelyn ließen sich blicken. Die weiße Tür zum Eßzimmer war geschlossen, aber trotzdem konnte man über die lauten, kreischenden Protestschreie der Dohle hinweg vom Plattenspieler die Töne einer Rhapsodie hören. Begleitmusik zu Verkaufsverhandlungen, dachte Sarah höhnisch, war aber zu erschöpft und verbittert, um noch weiter darauf zu achten.
Sie sagte ohne jede Einleitung: »Bess, du hast ganz recht gehabt. Die Farm ist wirklich ein wunderbarer Besitz, aber ich wüßte nicht, wie ich sie nur einen Tag lang richtig leiten könnte.«
»Ja, die Farm ist wirklich sehr groß.« Bess war viel zu beherrscht, um ihre Erleichterung merken zu lassen oder gar ihren Triumph über den erfolgreichen Abschluß ihrer Kampagne. Mit geradezu klassischer Strategie verstand sie es, die Intensität der bis jetzt durchlebten Sorge und Unruhe dadurch zu maskieren, daß sie ganz offen davon sprach. »Ich will dir gar nicht vormachen, Sarah, daß ich darüber nicht von ganzem Herzen froh bin. Denn mit mir stehen die Dinge so, daß ich jetzt mit dem blödsinnigen Geflügel hier schon ganz verwachsen bin. Aber heute abend wollen wir nicht mehr über geschäftliche Dinge reden. Denn jetzt, wo du einen Entschluß gefaßt hast, wirst du doch sicher nicht sofort nach Hause

fahren wollen? Du wirst doch gewiß wenigstens bis zum Montag bei uns bleiben?«

Sarah nickte nur stumm. Bess sah besorgt aus. »Bist du nicht schrecklich müde, Sarah? Die Farm ist zwar nicht gerade der rechte Ort für dich, wo du dich jetzt glücklich fühlen kannst . . .« Sie riß die Eßzimmertür so heftig und ungeduldig auf, als hätte sie selbst nicht darauf gedrungen, daß sie geschlossen bleiben sollte, und rief sehr energisch: »Hunter! Wo bleibst du denn? Bereitest du denn nicht die Drinks zu?«

Sarah ging nach oben. Sie ahnte, daß sie während der nächsten paar Stunden für eine gewisse Person das Objekt konzentrierter Aufmerksamkeit sein würde, und begann sich jetzt schon unbewußt darauf vorzubereiten.

Sie zog ihr Kostüm aus und schlüpfte in das einzige Abendkleid, das sie mitgenommen hatte. Sie hatte erst die Perlenkette und Ohrgehänge angelegt, die Charles ihr geschenkt hatte, nahm sie aber instinktiv wieder ab und wählte nur ein Paar Ohrringe – winzige, blaßgoldene Blättchen, die gegen die kurzen, dunklen Wellen ihres Haars nur gedämpft aufschimmerten. Zum Spiegel vorgeneigt, den Lippenstift in der erhobenen Hand, erinnerte sie sich auf einmal, woher der Satz eigentlich stammte, der ihr in Kates Küche plötzlich in den Sinn gekommen war.

»Seht, der Träumer kommt daher.« Aus dem Kapitel von Joseph und seinen Brüdern, das ihr als Kind einen tiefen Eindruck gemacht hatte. Wie ging doch diese höhnende Rede weiter? »Seht, der Träumer kommt daher. So kommt nun und laßt uns ihn töten und in eine Grube werfen und sagen, ein böses Tier habe ihn gefressen, so wird man sehen, was seine Träume sind . . .«

Charles' Träume als Beweis, daß er am Zusammenbrechen war. So kommt nun und laßt uns ihn in eine Grube werfen – Sarah konnte ein Schaudern nicht unterdrücken und wandte sich vom Spiegel ab.

Was war Charles wohl an diesem letzten Tag so dringend erschienen, daß er Kate in Preston anrufen mußte? Sarah war überzeugt, daß der »schreckliche Fehler«, den Kate erwähnt hatte, sich nicht auf seine Heirat, sondern auf die Betäubung

der Krankenschwester bezogen hatte. Denn damit hatte alles seinen Anfang genommen.
Sein plötzliches und aufgeregtes Drängen auf eine Unterredung mit Kate deutete auf irgendeine neue Entwicklung der Dinge hin. Einen Verdacht gegen jemanden, der ihm vorher noch nie in den Sinn gekommen war? Wahrscheinlich wußte er, daß er gesehen wurde, wie er sich während der Wildvogelausstellung weggeschlichen hatte und ins Haus zurückgegangen war, um Nina zur Rede zu stellen. Wollte er etwa von Kate – einer unparteiischen Zeugin und kein Mitglied seiner Familie – bestätigt haben, wer kurz darauf *auch* von der Ausstellung verschwunden war? Brauchte er diese Auskunft tatsächlich für eine Verabredung mit dem Mörder, dem er sich von Anfang an so ahnungslos anvertraut hatte?
Sarah rieb sich die Schläfen, um den schmerzenden Druck loszuwerden. Im Augenblick war nichts so wichtig wie das Problem des Tagebuchs, das sie in einem der Fasanenkäfige vermutete. Eines hübschen, dunkelblauen Lederbandes, dessen Schlüssel aus dem Schloß gefallen war und sich in einer Ritze im Stall oder irgendwo in der Nähe festgeklemmt hatte und von Charles gefunden, erkannt und aufbewahrt wurde.
Während sie die kleine, enge Treppe hinunterging, kam ihr plötzlich in den Sinn, daß sie jetzt beinahe in der gleichen Lage war wie damals Charles.

». . . glaube immer noch, daß er bei diesen Vorfällen mit den Nerzen dahintergesteckt hat«, sagte Milo.
Hunters drohende Augenbrauen schossen in die Höhe, aber er blickte nicht auf. »Jedenfalls hat er keinen Grund gehabt, uns besonders zu lieben.«
Bess blitzte ihn an. »Zum Kuckuck, was meinst du denn eigentlich –« Aber Milo kam ihr zuvor, den Kopf zur Seite geneigt als Einleitung zu einer Äußerung tiefgründiger Weisheit: »Keiner liebt seinen Herrn. So etwas ist gegen die Natur. Liebt die Katze etwa den Hund? Oder eine Maus die Katze?«
Selbstverständlich sprachen sie wieder über Peck. Denn Mrs. Peck war am Nachmittag dagewesen und berichtete, daß die

Polizei rein routinemäßig festgestellt hatte, was Peck während der letzten Stunde vor seinem Tode vorgehabt hatte. Obgleich er im Rausch oft stänkerte, hatte er weder in *Todds Bar & Grill* noch später in *Eddies Kaffeehaus* Streit gehabt. In *Eddies Kaffeehaus* hatte er sogar allen Gästen eine Runde spendiert und, als ihm seine lieben Freunde eine zweite Runde nahelegten, würdevoll erklärt, daß er ohnehin für seinen festlichen Empfang daheim – wahrscheinlich mit einer Bratpfanne über den Kopf – ziemlich spät daran sei. Nach einem Zusammenstoß mit der Glastür hatte er sich allein auf den Heimweg gemacht. Sehr leichten Herzens, dachte Sarah, in vollster Überzeugung, daß seine Geldquelle unversiegbar sei. Ohne jeden Verdacht, daß er zum Trinken verlockt würde und daß seine bescheidenen Geldforderungen als Andeutung, daß er von gewissen Dingen wußte oder sie ahnte, untragbar geworden war. Gewiß nicht imstande, dem plötzlichen Griff von zwei Händen in der eisigen Nacht Widerstand entgegenzusetzen.

». . . nicht wahr?« fragte Evelyn ganz dicht an Sarahs Ohr. »Ich habe gesagt, daß du wohl niemals Diät leben mußt, nicht? Einfach unglaublich, daß es Leute gibt, die das nicht brauchen.«

Ob sie sich wohl sehr anstrengen mußte, um sich derartig idiotisch zu benehmen, oder war das eine angeborene Begabung? Sarah war fest überzeugt, daß eine durchschnittliche Intelligenz nie Bemerkungen produzieren könnte wie: »Ich möchte bloß wissen, was die Menschen täten, wenn's keine Öfen gäbe?«

Aber solche Äußerungen bildeten nur einen Aspekt ihres Charakters. Ein anderer enthüllte sich nur gelegentlich und plötzlich: unerbittlich scharfes Erkennen jedes kleinsten Versuchs, sie lächerlich zu machen, der dann vermerkt und sorgfältig registriert wurde. Wie hatte sich die eine oder die andere Seite von Evelyns Wesen damit abgefunden, daß ihr von einer strahlend schönen, jungen und außerdem noch tüchtigen Frau ihre nützliche Stellung im Haushalt im Handumdrehen entrissen wurde? In Ninas Gegenwart, von ihr beobachtet und belächelt, waren Milos gewohnte Bosheiten gewiß noch schwerer zu ertragen gewesen und hatten Evelyn

unsicherer denn je gemacht.
Solche Dinge konnten leicht Anstoß zu einem Verbrechen werden.
»Ich sehe, daß du immer noch deinen Ehering trägst«, bemerkte Evelyn vertraulich. Beide blickten auf den dünnen Platinring.
»Warum auch nicht?« fragte Sarah. Die Freundlichkeit fiel ihr nicht leicht. »Oder gibt es unter den augenblicklichen Umständen Vorschriften dagegen?«
»Oh, nein. Nur daß . . .« begann Evelyn und stürzte sich dann mit großem Genuß in die Erzählung von einer Freundin, deren Mann bei einem Brand ums Leben gekommen war.
Bei diesem Bericht nickte Sarah nur oder schüttelte abwechselnd den Kopf und merkte, wie leer ihr das Zimmer ohne Harry Brendan erschien. Er war jetzt bei den Clemences drüben. Und dabei Sarah vergaß, die ihm, mit Kate verglichen – wenn er sich überhaupt an sie erinnerte – unbedeutend und unausgeglichen vorkommen mußte.
Wie war es nur möglich, daß einem diese bloße Gedankenverbindung zwischen Harry und Kate so weh tun konnte.
Sarah fiel plötzlich auf, daß Evelyns leises, vertrauliches Geschwätz verstummt war. Auf ihre mechanische Bemerkung »Aber wie schrecklich!« sah Evelyn sie mit einem Blick fassungslosen Erstaunens an. »Schrecklich, daß sie diesen reichen Mann geheiratet hat? Offen gestanden, das Klügste, das sie tun konnte!«
Dinner, Kaffee und nachher das gemeinsame Geschirrwaschen, begleitet von Evelyns automatischen Protesten. Zum erstenmal wurde Sarah sich wirklich der vollkommenen Dunkelheit der ländlichen Nacht vor den Fenstern bewußt. Dunkelheit, ohne den geringsten Lichtschimmer, ohne den geringsten Laut, außer hie und da das seufzende Sausen des Windes um die Kamine.
Alle Vögel – die Fasanen, die das erste Tagesgrauen mit hellen, metallischen Kreischtönen ankündigen würden, und die überlaute Antwort der winzigen Bantam-Hähne, die aus den Kehlen von Riesenvögeln zu kommen schien – schliefen jetzt, tief verkrochen in ihr Gefieder.

Wahrscheinlich war selbst Long John in tiefem Schlaf und bewahrte seinen Groll bis zum nächsten Morgen. Wie undurchdringlich das Dunkel im Stall sein wird, und wie erschreckend der Lichtstrahl aus der Taschenlampe, die dort im Gang zur Scheune an der Wand hing. Ich will jetzt noch gar nicht daran denken, dachte Sarah. Worauf ihre Einbildungskraft den Stallboden sofort mit einer Horde Ratten zu beleben begann, die versteckt nach Weizen oder Maiskörnern kratzten oder sich sogar an einem unvorsichtigen Fasan vergriffen. Long John hatte einmal eine Ratte getötet, ihr ein tiefes Loch durch den häßlichen grauen Schädel gebohrt . . .

»Ist dir nicht gut?« fragte Evelyn neugierig, und Sarah verneinte das und stellte den Teller, an dem sie ganz abwesend herumgewischt hatte, weg. Dann erkundigte sie sich leichthin, ob Bess je mit Ratten zu tun gehabt hätte, und Evelyn schüttelte sich. »Peck hat sie immer mit Rattengift weggekriegt, denn die sind doch natürlich überall, wo es Futter gibt . . . In einem der Käfige im Stall hat er einmal ein Rattenloch gefunden, aber das hat er gleich verstopft. Bei Tag kommen sie jedenfalls nicht«, meinte Evelyn und sah Sarah beruhigend an. »Nur nachts.«

Wenn sie auch vorher nicht viel Aufhebens gemacht hatte, war Bess offenbar doch entschlossen, den Tag gebührend zu feiern. Noch ehe Sarah Evelyn aus der Küche folgen konnte, stand Hunter schon in der Tür. Er trug ein Tablett mit Bess' sorgsam gehüteten Likörgläsern, fußlosen, kleinen Kugeln aus blaßgelbem Glas, mit geätzten Blättern und winzigen, gemalten Blumen. »Benediktiner? Kognak? Oder gemischt?«

Er besaß Bess' Gabe, mit den spinnwebenzarten Gläschen in der Hand genauso natürlich auszusehen wie mit einer Heugabel in der Faust. »Kognak, bitte.«

Hunter drehte das Licht über dem Likörschrank an, der an der Wand gegenüber dem Dohlenkäfig stand. Die Dohle murmelte ärgerlich: »Auk, hallo, Milo«, und schlief sofort wieder ein. Als Hunter die Flaschen aufs Tablett stellte, sagte er, ohne Sarah anzusehen: »Also jetzt weißt du alles über Charles.«

Daß aus dieser barschen Zurückgezogenheit solch scharfer und durchdringender Einblick in ihr Denken möglich war,

kam ihr immer noch gänzlich unerwartet. »›Alles‹ ist etwas übertrieben«, antwortete sie vorsichtig. »Ich habe manche Dinge über Nina erfahren – wenn du das meinst.«
»Er war nicht daran schuld. Niemand war daran schuld«, behauptete Hunter erstaunlicherweise. »Das alles war von Anfang an vorauszusehen. Charles war ein sensibler Mensch, und Nina . . .« Er zuckte die Achseln. »Schließlich leben wir nicht mehr im vergangenen Jahrhundert. Von solchen Dingen hätte, außer Charles, niemand soviel Aufhebens gemacht.«
Sarah war sehr erstaunt. Ob er das ehrlich meinte oder nur in ihr diesen Eindruck erwecken wollte? Charles sei ein sensibler Mensch gewesen – aber wie stand es mit Hunter selbst? Seine wissenden Augen, die feinen Linien, die die Erfahrung um seine Augenwinkel eingegraben hatte, deuteten auch auf eine gewisse Sensibilität. Gerade unter der Hülle eines Tatsachenmenschen verbarg sich oft erstaunliche Zartheit, sogar Idealismus. Hunter wandte sich plötzlich zu ihr und bemerkte ihren forschenden Blick, und einen kurzen Augenblick lang schien die gewöhnliche Distanz zwischen ihnen ausgelöscht.
Im Wohnzimmer trank Sarah ihren Kognak in kleinen Schlükken und hörte ruhig der Unterhaltung der anderen zu, ging aber sogleich auf Bess' taktvolle Frage nach ihren Zukunftsplänen ein. Sie meinte, daß sie vielleicht kurze Zeit reisen würde, weil sie sich schon immer gewünscht hatte, den Südwesten kennenzulernen. Höchstwahrscheinlich würde sie am Ende doch wieder bei einer Anzeigenagentur arbeiten. Denn schließlich war das eine Arbeit, die ihr geläufig war. Und arbeiten mußte sie; sich einfach hinzusetzen und den ganzen Tag nichts zu tun war ausgeschlossen.
Die Zeit schien stillzustehen, als könnte jeder im Zimmer Sarahs verborgene Gedanken lesen. Bis dann Evelyn mit Leidensmiene fragte: »Kann ich jetzt wohl die Gläser hinaustragen? Ich weiß zwar nicht, wie's euch zumute ist, aber ich schlafe beinahe im Stehen ein.«
»Na, na, nicht gerade im Stehen«, widersprach Milo. Aber auf einmal hing Schlafbedürfnis wie etwas Greifbares in der Luft. Der Wind heulte lauter und schien kälter, die Nacht dunkler, die Betten verlockender, und selbst das Licht gab einen

matten, erschöpften Schimmer. Bess wünschte Sarah eine gute Nacht. Milo befühlte nachdenklich sein Kinn und erklärte, daß er ein paar Aspirin mit hinaufnehmen würde. Hunter blieb im Eßzimmer, die Hand auf dem Lichtschalter, bis Sarah die Treppe zu ihrem Dachzimmer hinaufgegangen war.

Das Haus lag jetzt im Dunkel. Das Gurgeln von Wasser durch Röhren verstummte, die Schritte hörten auf, und das Schließen der Türen hatte etwas Endgültiges. Sarah drehte ihre Nachttischlampe aus und rauchte vier Zigaretten in wohlabgemessenen Abständen, ehe sie ihre absatzlosen, weichen Hausschuhe anzog, vorsichtig die Tür öffnete und auf Zehenspitzen hinausschlich.

16

Selbst am Eingang der Scheune, als das Licht der Taschenlampe die Dunkelheit mit einem scharfen Strahl durchschnitt, zögerte Sarah immer noch.

Doch die Nacht um sie und die Scheune, in der sie jetzt stand, waren Wirklichkeit.

Sie konnte immer noch aus der Scheune gehen, ohne daß jemand davon zu hören begann.

Erst das täuschende Spiel des Lichts brachte sie zu einer Entscheidung. Als sie die Taschenlampe etwas schwenkte, schoß der Lichtstrahl über die aufgetürmten Holzscheite am Ende der Scheune hinweg und zeigte ihr den offenen Eingang zum Stall.

Lautlos, vor Kälte zitternd in dem dünnen Morgenrock schlich Sarah in den Stall. Da sie sich jetzt wirklich entschieden hatte, zögerte sie nicht mehr. Sie nahm den schweren Knüppel, mit dem Milo den Nerz umgebracht hatte, weil sie dachte, daß sie vielleicht eine der Bodenplanken hochzwingen müßte. Beim Drehen der Taschenlampe sah sie gleich die Elliots, die nebeneinander in ihren Nistkästen hockten, hob den Schließhaken der Drahttür und ging hinein.

Sie hielt sich absichtlich gebückt und wagte nicht, sich aufzu-

richten, um die Vögel nicht zu erschrecken. Denn die Elliots, tagsüber immer so agil und mißtrauisch, starrten nur vor sich hin. Sie schob das Stroh mit der Fußspitze von den Holzplanken und wühlte mit dem Stock in den Ecken. Die Planken waren alt, aber dicht, und sie konnte weder frisch eingeschlagene Nägel noch irgendeine verdächtige Stelle entdecken – das bewußte Rattenloch, das Peck gefunden und zugestopft hatte.
War Pecks Tod besiegelt gewesen, weil er außerdem noch ein Tagebuch fand?
Sarah schlüpfte nun in den Käfig der Reeves. Auch hier fand sie nichts.
Irgendwie hatte sie es schon im voraus gewußt, daß bei ihrer Suche nur die Silberfasanen in Betracht kommen würden: weil sie in einen anderen Käfig umquartiert worden waren und weil Charles ihr früherer Käfig nicht verdächtig erschienen war; aber vor allem – weil sie solche Angst vor ihnen hatte.
Sarah stand jetzt unbeweglich im Stallgang, Dunkelheit um sich, die der kleine Lichtkreis aus ihrer Taschenlampe nur tiefer und dichter schuf, und den Scheunengeruch, von dem sie wußte, daß sie ihn im Leben nie vergessen würde; eigentlich ein Gemisch verschiedenster Gerüche – nach alten Holzplanken, Streu und Futter, nach Heu, Zement und Leder – das der undefinierbare Geruch der Vögel nur noch eindringlicher machte. Kein scharfer oder gar modriger Geruch, denn dazu waren die Vögel viel zu rein gehalten.
Sarah konnte das Klopfen ihres Herzens hören. Vorsichtig und leise ging sie über den Zementboden. Erst nachdem sie von zwei Metallbehältern die Deckel abgehoben hatte, fand sie einen, der mit Weizen gefüllt war. Was war das doch für Futter gewesen, von dem Charles ihr erzählt hatte, daß Fasanen wie verrückt danach seien? Rosinen oder gekochte Kartoffeln.
Sie mußte es also mit Weizen versuchen.
Als sie sich dem Käfig näherte, fing der Silberhahn an zu grollen, und als sie die Tür öffnete und hineinging, wurde dieser kehlige Ton immer lauter, bis er zu einem wahren Trompeten wurde. Sie schloß die Tür hinter sich, und der Hahn ging sogleich auf sie los. Als Sarah den Weizen auf den

Boden regnen ließ, schleuderte er ein Korn nach dem anderen mit einem wilden Schnabelhieb zur Seite und blieb erst stehen, als Sarah ihm den schweren Stock entgegenstreckte und ihn dann zum Schutz quer vor ihre Schienbeine hielt.
Das hielt ihn auf, aber es steigerte auch zugleich seinen Zorn: Sein Kamm richtete sich steiler auf, und der schwarze, filzartige Lappen schien sich auszudehnen, zu wachsen, bis er sein wütendes Vogelgesicht fast verhüllte. Als sie mit dem ausgestreckten Stock auf ihn zuging, wich er nicht zurück, sondern wechselte nur die Stellung und bedrohte sie von der Seite. Sarah schützte sich mit dem Knüppel, wendete sich etwas und richtete den Lichtstrahl der Taschenlampe so, daß er quer über den Boden des Käfigs fiel.
Sogleich zeigte sich ihr etwas Glänzendes im Stroh. Sarah bückte sich unvorsichtig und fühlte, wie ein Schlag sie blitzartig am äußeren Ende ihrer rechten Augenbraue traf und dann im Bogen abwärts flammte – die vorgezeichnete Spur eines Schmerzes, den sie im Augenblick noch gar nicht spürte, der sich aber später einstellte: das wütende Brennen eines tiefen Klauenhiebs, der nach ihrem Auge gezielt war. Aber in der Hand hielt sie den Gegenstand, nach dem sie sich gebückt hatte.
Ein Kinderspielzeug. Eine Glasmurmel.
»Diese Elwell-Rangen«, hatte Bess gesagt, als von Long Johns zunehmender Bösartigkeit die Rede war. »Das sind ja reine Teufel!«
Daß ein Kind einen langen Stock durchs Drahtgitter gesteckt hatte, um die Kugel wieder herauszuholen und den Silberhahn damit gereizt hatte, war leicht vorstellbar. Aber nicht jetzt, um diese späte Stunde, und außerdem – das Licht zeigte ihr den Silberhahn sehr klar und deutlich – kann ein Kind niemals so scharf zielen, um dem Hahn gerade über einem Sporn eine klaffende Wunde zuzufügen. Aus der Wunde floß immer noch Blut und hüllte das rosige Bein des Fasans in frisches Rot. Hier war die Erklärung für die Aufgeregtheit des Silberhahns, der schon längst in seinem Nest sein sollte, und auch für seinen sofortigen Angriff auf Sarah.
Nach der starken Blutung zu schließen – die Erkenntnis

sickerte ihr merkwürdig langsam ins Bewußtsein – konnte das erst vor kurzem geschehen sein. Vor kaum mehr als fünf Minuten.
Wie lange hatte sie am Eingang zur Scheune gestanden, ehe sie sich zur Durchführung ihrer Aufgabe entschlossen hatte? Und wie viele Minuten hatte es gedauert, bis sie die beiden ersten Käfige vorsichtig durchsucht hatte?
Außer ihr war noch jemand hier im Stall. Die neue, schreckliche Gewißheit machte ihr jede natürliche Bewegung unmöglich. Sie stand gerade aufgerichtet und starrte in die Dunkelheit bis ans Ende des Lichtkegels. Sie war von Anfang an beobachtet worden und ihre bloße Anwesenheit in diesem Käfig machte sie mehr als verdächtig.
Sie hielt den Stock noch immer ganz mechanisch quer vor Long John und suchte weiter, obwohl sie genau wußte, daß sie nichts finden würde.
Dann sah sie die Öffnung an der Hinterseite des Käfigs, wo der Bretterverschlag den Boden berührte. Anfangs war dort wahrscheinlich ein Rattenloch gewesen, und um den Wühlgang gründlich verstopfen zu können, waren etwa fünf Zentimeter des Bretts abgesägt und weggehoben worden. Dieses abgesägte Stück war nicht wieder gerade eingefügt. Ein Schatten zeigte die schiefe Stellung des Bretts, und wo die Spreu weggeschoben war, lagen ein paar Holzsplitter.
Im Stall war jetzt kein Laut zu hören. Der Silberhahn hatte sein drohendes Grollen aufgegeben und stand an der anderen Seite des Käfigs mit wachsam vorgestrecktem Kopf, zum sofortigen Angriff bereit.
Sarah wußte, daß sie sich keinesfalls wieder bücken durfte, solange der Silberhahn sie noch mit seinen bernsteinfarbenen, kampflustigen Augen anstarrte. Erst mit dem Stock und dann mit einer Fußspitze gelang es ihr, das lose Ende der Latte wegzuschieben, und sie leuchtete mit der Taschenlampe in die Öffnung.
Bis vor kurzer Zeit hatte hier etwas gelegen: etwas für Nagetiere Eßbares, wie etwa in Leder gebundenes Papier. Und die Holz- und Erdkrümel waren mit einer Schicht blinder, weißer, suchend und tastend bewegter Köpfe bedeckt. Sarah sah das

ganz ohne Schauder. Sie war längst über das Stadium hinaus, sich vor ein paar Würmern zu entsetzen. Sie schob die Latte wieder in ihre frühere Stellung zurück. Bei dem dumpfen Aufprall schoß der Silberhahn sofort wieder auf sie los. Sarah war mit dem Knüppel nicht rasch genug zur Stelle; sein Schnabel bohrte sich tief in ihr linkes Bein.
Auf dem Weg zur Drahttür mußte sie jetzt sehr vorsichtig sein, denn der Silberhahn, siegestrunken, weil er sie in die Flucht geschlagen hatte, wurde jetzt mit jedem Schritt angriffslustiger. Ihr Bein brannte, und sie fühlte, wie das Blut langsam hinunterrieselte, und plötzlich spürte sie auch brennenden Schmerz in dem tiefen, bogenförmigen Riß an ihrer rechten Gesichtsseite.
Wenn sie recht hatte, daß der Silberhahn erst vor ganz kurzer Zeit verletzt wurde, und wenn der Unbekannte, seit sie mit ihrer Taschenlampe erschienen war, hier in der Falle saß, dann mußte das Tagebuch auch noch da sein.
Beim Einhaken der Tür zitterten ihr die Finger. Doch plötzlich war der Bann gebrochen. Holz knarrte. Kalte Luft strömte über Sarahs heißes Gesicht. Jemand rief sie erst flüsternd und dann laut beim Namen. Besinnungslos begann sie zu laufen, stolperte die Holzrampe hinauf, in die Scheune, weinend, ohne es zu wissen.
Wenn sie nicht gestolpert wäre, hätte Harry Brendan sie nicht bemerkt.

17

»Aber Sarah! Um Gottes willen! Haben Sie sich verletzt?«
Als Sarah ihren Namen hörte, zuckte sie vor Schreck zusammen. Sie war noch ganz im Bann der ausgestandenen Angst, und bei Harrys festem Zugriff waren ihr alle Muskeln im Leib wie im Krampf erstarrt. Der tanzende Lichtschein der Taschenlampe zeigte ihn ohne Jackett und Krawatte, mit dem verwirrten Gesichtsausdruck eines Menschen, der gerade aus tiefstem Schlaf geweckt worden war.

Später analysierte sie ihren Zustand lautlosen Entsetzens und konnte ihn nur mit der lähmenden Angst vergleichen, die einen beim Anblick einer Giftschlange packt. Im Augenblick konnte sie Harry nur stumm zunicken, sich das Haar aus dem Gesicht streichen und sich bemühen, ihr Zittern und stoßweises Atmen zu beherrschen.

Harry nahm ihr die Taschenlampe aus der Hand, leuchtete ihr ins Gesicht. »Sie sehen ja schrecklich aus«, rief er aufgeregt. »Wer hat Ihnen das getan? Wer ist dort drin?«

Als sich Stimmen vom Durchgang her näherten, hob er den Kopf. Sarah kamen zwei Dinge gleichzeitig zu Bewußtsein: entferntes Hundegebell und starke Zugluft aus dem Stall.

Die Scheune wurde plötzlich hell. Die blaue Tür öffnete sich, und Bess erschien mit der gewohnten Haltung, die sie selbst zu dieser frühen Morgenstunde nicht verlassen hatte, an der Spitze einer ganzen Prozession und sah die beiden erstaunt an. »Sarah? Harry? Was ist denn nur los?«

Harry hatte anscheinend einen Zusammenstoß mit einem vorstehenden Nagel gehabt und rieb sich einen langen Riß innen am Handgelenk. »Wenn ich das erst einmal herausgekriegt habe, Bess, werden Sie's sofort erfahren.« Aus dieser so leicht hingeworfenen Antwort erkannte Sarah, daß er jetzt – nachdem sein erster Schreck verflogen war – wütend auf sie war, weil sie sich ihm nicht anvertraut hatte, sondern die Sache auf eigene Faust unternommen hatte.

Alle sahen Sarah an, wandten aber die Köpfe, als jetzt von der Tür zum Stall her Rob Clemence ärgerlich ausrief: »Reiner Blödsinn. Überhaupt kein Rauch zu sehen!« Im nächsten Augenblick kamen er und Kate die Rampe herauf in die Scheune. Er besah sich die Versammlung ironisch wie immer und bemerkte dann trocken: »Aha, eine spezielle Feier. Gäste haben im Nachtgewand zu erscheinen. Aber wie ich sehe, haben Sarah und Harry gemogelt.«

Milo deklamierte: »Der Präsident bringt jetzt das Protokoll der letzten Sitzung zur Verlesung.« Das brachte ihr erst zu Bewußtsein, wie widersinnig der Hintergrund dieser Szene eigentlich war: der Scheunenboden, auf dem das Licht in

gelben Pfützen lag; darüber im Schatten das riesige Dachgeschoß, die ständigen Windstöße, hie und da auch ein Krachen gegen die spinnwebbedeckten Fenster, und weit hinten das große Scheunentor. Aber Bess war alledem durchaus gewachsen. Ihr Haar war zwar zerzauster denn je, und ihr Atem stieg in der eisigen Kälte bei jedem Wort in grauen Rauchwölkchen in die Höhe, aber ihre Stimme klang ruhig, wenn auch sehr besorgt: »Sarah, du hast dir ja das Gesicht verletzt! Was geht denn hier eigentlich vor? Was ist geschehen?«
Warum nicht eine Ausrede gebrauchen, irgendeine Erklärung geben und damit die tödliche Gefahr von sich abwenden? Schließlich hatte sie vor sich selbst beweisen können, daß Charles' Tod geplant war und nichts mit ihr zu tun hatte.
»Ich wollte nach Ninas Tagebuch suchen, aber ich bin zu spät gekommen«, erklärte Sarah. Das riesige Scheunengewölbe verstärkte zwar ohnehin alle Geräusche, aber ihre Stimme klang trotzdem noch unnötig, ja fast erschreckend laut. »Ich meine natürlich ihr wirkliches Tagebuch. Die Aufzeichnungen, die ihr Mörder gestohlen und versteckt hat.«
Was sich dann abspielte, hatte etwas traumhaft Unwirkliches. Anfangs hatten alle Gesichter sich fragend ihr zugewandt. Die Empörung, als ihnen klar wurde, was Sarah eigentlich gemeint hatte, äußerte sich dann in erregten Ausrufen, die von anderen übertönt und unterbrochen wurden. »Willst du dir das wirklich ruhig mitanhören, Bess, und nichts . . . Natürlich nur eine Spätreaktion, das liegt ja klar auf der Hand. Manche Menschen sind eben nicht imstande, sich mit einem Selbstmord abzufinden, besonders wenn . . . Ja, hat ihr denn niemand von der Sache mit Nina erzählt?«
Sarah bemühte sich gar nicht, die einzelnen Stimmen auseinanderzuhalten. Sie hatte gegen die schreckliche Kälte so lange angekämpft, daß sie jetzt einen dumpfen Schmerz zwischen den Schulterblättern verspürte, aber ihr seelischer Schmerz war schlimmer als der physische. Bis dann Harry Brendan endlich sein gekränktes Schweigen aufgab. »Selbstmord kam überhaupt nie in Frage«, erklärte er kurz und barsch. »Denn Charles wurde aus dem Fenster gestoßen, weil er entdeckt

hatte, was Sarah euch eben erzählt hat. Nina wurde ermordet. Und weil Miss Braceway die unglückselige Idee hatte, das beweisen zu wollen, ist es ihr genauso ergangen.«
Am anderen Ende der Scheune flatterten die Wachteln blind umher, wie Motten im Licht, und das regelmäßige Aufprallen ihrer Flügel gegen das Drahtgitter zerrte an Sarahs Nerven.
Hunter sprach leise und gequält: »Harry, wenn das alles jetzt ans Licht kommt ... Vergiß doch nicht, daß Charles selbst ...«
»... den Stein ins Rollen gebracht hat? Ja, das weiß ich«, unterbrach ihn Harry. »Er hatte wohl ein Schlafmittel in Miss Braceways Tee getan, aber gerade nur so viel, daß sie ihm nicht im Wege war und er Nina seinen Standpunkt klarmachen konnte. Aber er hat weder Nina noch Miss Braceway umgebracht. Daraus folgert auch selbstverständlich, daß er sich nicht in einem Reueanfall aus dem Fenster stürzte, wenn das auch eine Erklärung war, die jemand sehr gelegen kam.«
Unwillkürlich sah Sarah zu Kate hinüber. Ihre leuchtenden, grauen Augen waren weit aufgerissen, der schöne, blasse Mund fest zusammengepreßt. Sonst war ihr nichts anzumerken.
Rob Clemence sagte schroff: »Ich sehe wirklich nicht ein, weshalb Ninas Name in diese Sache hineingezerrt werden muß.«
Schließlich war er ihr Vetter gewesen.
»Ja, aber warum denn?« fragte Evelyn plötzlich schüchtern. »Ich meine ... warum ist denn das alles ... warum ist denn Nina überhaupt umgebracht worden?«
Milo markierte zähneklappernde Kälte, aber sein bescheidener Vorschlag »Wenn einer mir Holz verschafft, mache ich euch gerne ein Feuer«, blieb unbeachtet. Keiner sah ihn auch nur an, denn Bess, die sich eben sehr entschieden an Sarah wandte, war jetzt zum Mittelpunkt der Aufmerksamkeit geworden.
»Was hast du vorhin damit gemeint, Sarah, daß du ›zu spät gekommen‹ bist? Wo war denn dieses Tagebuch eigentlich?«
»Im Käfig der Silberfasane.« Sarah sah Bess mit der gleichen Entschiedenheit gerade ins Gesicht. Sie fuhr mit dem Finger

den schmerzenden Riß entlang, der sich von ihrer Braue abwärts zog. »Du solltest dir lieber Long Johns Bein ansehen. Vor ein paar Minuten hat er noch sehr stark geblutet.«
Bess hätte sicher nichts dagegen eingewendet, die ganze Nacht hier in der Scheune zu verbringen, und hätte sich höflich interessiert an der Diskussion über Ninas problematisches Tagebuch beteiligt. Aber als sie hörte, daß einer ihrer Vögel verletzt war, lief sie so rasch in den Stall, daß der Morgenrock ihr um die Beine wirbelte. Im Stall ging das Licht an, dann kam ein metallisches Klirren, als die Gittertür geöffnet wurde, und schließlich Bess' Stimme, zärtlich, beruhigend, tröstend.
Rob Clemence sah Sarah mit hochgezogenen, buschigen Brauen an: »Long John hat wohl mit gleicher Münze heimgezahlt, was?«
»Ich habe ihn nicht angerührt«, fertigte Sarah ihn kalt ab. Nach und nach wandten sich die Blicke von ihr und bemerkten wohl den langen Riß an Harrys Handgelenk, dann wieder die tiefen Schrammen auf Sarahs Gesicht und Bein. Doch die Morgenröcke und die Pyjamas – Evelyn trug sogar noch die Handschuhe, die sie nachts immer anzog – vereitelten alle sonstigen Beobachtungen.
Sarah schoß eben etwas durch den Kopf, das wahrscheinlich die richtige Erklärung gewesen wäre, sich aber beim Klang von Kates kühl überlegener Stimme sofort wieder verflüchtigte. »Sarah, woher wissen Sie eigentlich, daß ein zweites Tagebuch existierte? Und wo es versteckt war? Ich kann mir nämlich nicht vorstellen – Sie verzeihen mir doch – daß Charles Ihnen das erzählt hat.«
In der Stille war Evelyns erregtes Atmen laut hörbar. Neben Sarah, so dicht, daß ihre Schultern einander berührten, kamen Harrys Atemzüge, stoßweise. Harry hatte Kate wirklich gerne und hatte für sie das gleiche Gefühl alter Anhänglichkeit wie für alle anderen hier auf der Farm. Aber die seltsame und tiefe Verbundenheit, die von Anfang an zwischen Harry und ihr bestanden hatte, sagte Sarah jetzt, daß Harry eben daran war, etwas Falsches zu sagen.
Deshalb sagte sie rasch und ganz leichthin: »Das sind ja eine

Menge Fragen, Kate, nicht?« Und weil es in einem gewissen Grad der Wahrheit entsprach, behauptete sie: »Ich habe es wirklich von Charles selbst erfahren.«
Das blasse Gesicht, makellose Züge unter dem wirren, dunklen Haar, wandte sich mit einem Ruck, wie nach einem plötzlich empfangenen Schlag. Sarah bemühte sich, Mitleid mit ihr zu empfinden, brachte es aber nicht fertig. Hunter meinte stirnrunzelnd: »Ja, wenn du dich nur an ein Tagebuch halten willst – in einem Tagebuch kriegt doch jeder was ab, nicht? Das ist doch der ganze Zweck der Übung!«
War das vielleicht der Grund, daß das Tagebuch überhaupt noch existierte? Solche Aufzeichnungen konnten beweisen, daß Nina in eine oder sogar in mehrere Liebschaften verwikkelt war. Und falls sie aus einem ganz anderen Grund umgebracht wurde, war im Falle einer Morduntersuchung das Tagebuch nicht die ideale Deckung? Der Hinweis auf einen und dann wieder auf einen anderen Täter mußte unweigerlich zu einer Verschleierung der Tatsachen führen.
Daß jemand sich bei Dr. Vollmer als Charles Trafton ausgegeben und damit Charles' Tod in die Wege geleitet hatte, stand fest. Aber vielleicht hatte der Betreffende selbst von dieser Absicht damals nichts gewußt und ihm war das nur als die einzige und unbedingt notwendige Maßnahme hingestellt worden, um Charles' eventuelle spätere Aussagen von vornherein als unzuverlässig zu stempeln?
Hunter hätte das jederzeit für Bess und auch Rob für Kate getan. Für Evelyn wäre sogar Milo dazu imstande gewesen, trotz seiner dauernden Spötteleien, die ja nur er für geistreich hielt.
Welcher Gedanke hatte sich ihr nur vorhin aufgedrängt und war dann durch Kates Fragen wieder verdrängt worden?
Vom Stall her kam jetzt Bess' Stimme so gemessen und beherrscht, daß sie unterdrückte Wut um so deutlicher verriet. Sie hatte schon ihre Lederhandschuhe angezogen und wollte, daß Kate ihr das Desinfektionsmittel aus dem Medikamentenschrank holen sollte. Als sie bald darauf wieder in die Scheune zurückkam, schien sie gewachsen, hielt den Kopf noch aufrechter als sonst. Ihr Gesicht war zorngerötet.

Sie sprach kurz, abgehackt: »Sarah, du sagtest doch vorhin, du hättest ihn nicht angerührt?«
»Nein. Ich habe ihn nur mit dem Stock weggehalten. Als ich das Ding hier aufheben wollte, ist er gleich auf mich losgegangen.«
Ohne es zu wissen, hatte sie die Murmel die ganze Zeit in der geballten Faust gehalten. Als sie sie jetzt auf der flachen Hand vorstreckte, kamen alle näher, um sie zu betrachten. Sie war noch ganz neu, und die Oberfläche glänzte. »Na, da habt ihr's ja«, triumphierte Milo, »die Elwell-Rangen! Warum wohl keiner *die* in einen Käfig sperrt?«
»Die Elwells sind mit ihren Kindern vergangenen Donnerstag nach Kalifornien gereist«, Bess sprach sehr langsam und nachdrücklich, »und ich habe die Streu erst heute – gestern früh erneuert.«
Davon konnte Milo allerdings nichts gewußt haben, denn er war beim Zahnarzt gewesen. Oder war das etwa eine doppelte Irreführung von anderer Seite? Sarah schmerzte der Kopf von der dauernden Konzentration und der vergeblichen Mühe, sich auf etwas zu besinnen, das an sich winzig, aber von größter Bedeutung war.
Der Wind blies immer noch durch die Ritzen der Scheunenwand, aber niemand rührte sich vom Fleck, keiner schlug vor, jetzt doch lieber ins Haus zu gehen.
Und Bess sprach weiter, immer noch mit dieser unheimlich beherrschten Stimme: »Jemand hat Long John fast das Bein gebrochen. Der Sporn ist so zerschlagen, daß er niemals wieder richtig verheilen wird.« Auf Milos übertrieben entsetzte Frage »Ist das schlimm?« drehte sie sich blitzschnell um und fuhr ihn mit einer Schärfe an, die Sarah ganz fremd an ihr war: »Fürs Hanswurstspielen bist du weiß Gott schon zu alt, Milo! Hast du im Stall wirklich niemanden gesehen, Sarah?«
Hatte sie denn überhaupt erwähnt, daß jemand gleichzeitig mit ihr im Stall war? »Nein«, antwortete sie und wußte, daß die winzige Pause vor ihrer Antwort für sie Lebensgefahr bedeutete. Denn als sie in den Stall kam, hatte sie erst einmal mit der Taschenlampe wahllos umhergeleuchtet. Wie konnte

der Täter sicher sein, daß er nicht gesehen worden war? Doch sicherlich nicht Kate? Kate, die Charles geliebt hatte, die mit ihm verlobt war und nach Ninas Erscheinen auf der Bildfläche von ihm im Stich gelassen wurde? Vielleicht ein guter Grund, Nina zu hassen; aber deshalb hätte sie Charles niemals etwas Böses angetan, geschweige denn ihn umgebracht.

Plötzlich sah sie klar. Warum war ihr nur die eine Sache nie vorher eingefallen, die ständig und bei jeder Gelegenheit wieder auftauchte? Bei der Geschichte, die dem Psychiater aufgebunden worden war, dem winzigen Faden unter Charles' Fingernagel, dem Durchsuchen von Bess' Handkoffer in der Nacht nach ihrer Ankunft und dem Farbklecks auf Ninas Porträt.

War es möglich, daß sonst niemand davon wußte? Andererseits wieder war es etwas so Gewöhnliches, daß es leicht übersehen werden konnte. Sarah konnte wohl Bess beiseite nehmen und sie darüber befragen, aber konnte sie selbst Bess vollkommen trauen, deren ganzes Dasein ja die Farm bildete? Und die jetzt zwischen Daumen und Zeigefinger das Mal von Long Johns Sporen trug?

Harry Brendan berührte Sarahs Hand erst leise und verstohlen und hielt sie dann fest umschlossen. Sarah schwindelte es. Sie empfand die Intimität dieser Berührung eindringlicher als den leidenschaftlichsten Kuß. Sie suchte vergeblich nach einem Gesicht, dem sie trauen könnte, und richtete ihre Worte schließlich über die Köpfe der anderen hinweg zur offenen Tür in den Stall, der noch erleuchtet war: »Ich habe im Stall niemanden gesehen, aber ich weiß jetzt, wo diese Dinge ihren Anfang genommen haben. Jedenfalls soweit sie mich selbst betreffen. Der Psychiater behauptete nämlich, daß Charles unter Alpträumen litt, die sich alle auf mich bezogen und auf einen gemeinsamen Spaziergang, kurz vor unserer Heirat.«

Die Intensität der Aufmerksamkeit aller, auf einen einzigen Brennpunkt konzentriert, wirkte beinahe wie ein atmosphärischer Vorgang, war wie der plötzliche Barometersturz vor dem nahenden Gewitter. Sarahs Blick wurde jetzt zum Holzstoß gelenkt. Bess hatte versehentlich – oder absichtlich – die

Drahttür zum Käfig der Silberfasane nicht ganz geschlossen. Sie stand gute zehn Zentimeter offen. Und der Silberhahn, dessen wütendes Schnarren schon zur Begleitmusik aus dem Hintergrund geworden war, hatte das eben bemerkt.

18

»Charles und ich gingen durch den Wald zum Felsen hinauf«, erzählte Sarah. (Wenn nur einer etwas gegen dieses schwache, sinnlose und unaufhörliche Aufprallen der Wachteln dort im Dunkeln täte!) Sie sah zu Evelyn und begegnete dem Blick der porzellanblauen Augen, die vor gespannter Aufmerksamkeit fast aus den Höhlen traten. »Irgendeine Frau mit ihren Kindern war gerade zu Besuch gekommen . . .«
»Ja, das war Jane Folsom«, fiel Evelyn sogleich ein. Ihre Wimpern waren in heftigster Aktion. »Sie ist eine Ewigkeit geblieben, und die Kinder waren einfach unerträglich. Daß ihr beide verschwunden seid, habe ich euch gewiß nicht übel genommen.«
»Ich habe einen Schal in der Tasche gehabt und wollte ihn umbinden, weil es windig wurde. Er flog mir aus der Hand und Charles ins Gesicht, als er gerade den Rand des Felsens erreicht hatte. Es war nur ein kleiner und sehr dünner Seidenschal.« Sarah sprach sehr ruhig und besonnen. »Aber vielleicht hätte Charles sogar wirklich das Gleichgewicht verlieren und abstürzen können.«
Der Bretterboden knarrte, als sich jemand bewegte. Aus dem Augenwinkel sah Sarah, daß der Silberhahn, das blutrote Gesicht weit vorgestreckt, sich der Tür seines Käfigs näherte, sie offen fand und hinausstürmte. Dann blieb er kerzengerade aufgerichtet stehen – und in einer Stellung, die Triumph und Drohung ausdrückte – und begann mit seinen großen Flügeln zu schlagen. Das Sausen des Windes um die Scheune übertönte das rasche Klappen, aber es hätte ohnehin keiner darauf geachtet, denn jetzt hatte die atemlose Spannung eines einzigen sich auf alle übertragen.

»Jemand hatte nämlich dem Psychiater in New York aufgebunden, daß Charles überzeugt war, ich hätte seinen Sturz absichtlich herbeiführen wollen. Das hätte dann bei ihm zu Zwangsvorstellungen geführt, die schließlich solche Dimensionen annahmen, daß er in ständiger Angst vor mir lebte.«
Kate Clemences Gesicht zeigte nur Härte, die blicklose Verschlossenheit einer Statue. Bess war ganz Aufmerksamkeit, und auf Evelyns Gesicht zeigten sich rote Flecken der Erregung. Milo hatte seine Brille abgenommen und putzte die Gläser an einer Falte seines Morgenrocks, als hätte er Angst, ihm könnte die kleinste Einzelheit entgehen. Rob Clemence, die Hände tief in die Taschen vergraben, stand nur wartend da und sah skeptisch aus.
Der Silberhahn pirschte sich die Rampe vom Stall herauf.
Hunters Gesicht tauchte jetzt aus dem Schatten auf. Er kam näher ins Licht, seine Aufmerksamkeit so sehr auf Sarah konzentriert, als gäbe es in diesem Raum niemanden außer ihr. »Der Mensch muß ja total verrückt sein. Denn ich kann mich genau erinnern, daß ihr beide Hand in Hand zurückgekommen seid. Und das ist nur selten ein Beweis tödlicher Angst.«
Nur jetzt nicht zu Long John hinsehen, der wütend, mit weit vorgestrecktem Hals, sich auf rosigen Beinen – das eine noch blutverkrustet – seinem Feind, der den Knüppel gegen ihn geschwungen hatte, näherte. »Das muß wohl bei einer anderen Gelegenheit gewesen sein«. Sarah erwog jedes Wort sehr bedächtig. »Denn ich glaube, daß ich Charles damals vorangegangen war.«
»Nein. Ihr wart ganz bestimmt zusammen. Charles hatte den alten Tweedmantel an, den er immer hier auf der Farm ließ, und du warst im Regenmantel, mit einem blauen Schal.«
Was sie zu sagen hatte, fiel ihr merkwürdig schwer, bis sie sich erinnerte, was er Charles angetan hatte und so bedenkenlos auch ihr antun wollte. »Der Schal war aber nicht blau, sondern grün.« Über die wenigen Schritte hinweg, die sie von ihm trennten – selbst die Luft zwischen ihnen schien zu vibrieren –, starrte sie Hunter ins Gesicht. »Als du mir vor ein paar Tagen den Regenmantel holtest, hast du ja den Schal wieder-

gesehen und immer noch gemeint, er sei blau. Du bist also farbenblind, Hunter, nicht wahr? Das war auch der Grund, daß du den Unterschied zwischen Bess' Koffer und dem meinigen nicht bemerkt hast, als du in der Nacht nach meiner Ankunft nach der Fahrkarte suchtest. Und daß du die Stelle im Hintergrund auf Ninas Porträt grün übermalt hast. Hast du . . . hast du . . .«, ihr versagte fast die Stimme, »Charles den blauen Vorhang noch hingehalten, als er schon aus dem . . . aus dem Fenster . . .«

Evelyn schrie plötzlich gellend auf, fing an zu laufen und rief dabei atemlos: »Bess! Bess! Der Silberhahn . . .«

Long John kam unbeirrt näher und näher. Er gehörte zu einer Zucht, die selbst unter normalen Umständen als bösartig bekannt war, und sein zunehmendes Alter hatte diese Veranlagung kaum gemildert. Der Schmerz in seinem geknickten Sporn, die Erinnerung, daß jemand auf ihn losgeschlagen hatte, als er eingeschlossen und wehrlos war, war stärker als seine Angst vor dem Licht und den vielen Gesichtern. Anfangs hatte er sich schlau und lautlos herangepirscht. Aber jetzt gab er einen lauten heiseren Schrei von sich, seinen Kriegsruf.

Rob machte einen Schritt nach hinten und riß Kate mit sich. Bess stand wie angewurzelt. Auch Hunter, leichenblaß, blieb unbeweglich stehen. Evelyn kauerte in einer entfernten Ecke der Scheune. Von Harrys Arm festgehalten und geschützt, wandte Sarah den Kopf und sah Long Johns mächtige, schneeweiße Schwingen sich entfalten, sich zu unglaublicher Spanne breiten.

»Bess«, kreischte Milo, »halt mir doch diesen verdammten Vogel vom . . .«

»Nein!« Bess' Stimme war so ruhig, so unnahbar wie ihre Haltung. Dann stürzte sich der Hahn auf Milo.

Das Schauspiel war grauenhaft. Ohne seinen Stock, ohne jedes Mittel der Abwehr, war Milo dem Terror schlagender Flügel, zupackender Krallen und scharfer Schnabelhiebe wehrlos ausgeliefert. Er raste blindlings durch die Scheune, und der Silberhahn, zur Raserei angestachelt, hatte seine Krallen in ihn geschlagen und saß ihm auf dem Rücken. Blut aus der wieder

geöffneten Wunde am Sporn floß in einem roten Rinnsal über Milos Morgenrock und reizte ihn nur noch mehr.
Milo hielt den einen Arm vor die Augen, rief aber nicht mehr um Hilfe. Doch Harry lief mit einem Schreckensruf durch den Stall und riß ein Fangnetz mit Drahtrand und langem Handgriff von der Wand. Als der Hahn gerade wild auf Milos glitzernde Brille loshackte – die schützenden Gläser machten ihn rasend – warf Harry das Netz über ihn. Aber es fiel mit lautem Krach zu Boden und hatte nur eine der schneeweißen, schwarz geäderten Federn gestreift, doch Long John keinen Augenblick von seinem Vorhaben abgelenkt, sondern ihn eher darin bestärkt. Das blutrote Gesicht wandte sich nur kurz zu seinem neuen Angreifer, und der rauhe, schwarz glänzende Kamm schien sich noch steiler aufzurichten. Dann warf Harry das Netz zum zweitenmal, und der Hahn stürzte vorwärts – geradewegs in das starke Nylonnetz.
Erst war es völlig still, dann kam lautes Flügelschlagen und das Geräusch knickender Federn. Sarah mußte sich abwenden, konnte es nicht mit ansehen, wie soviel herrliche, wilde Kraft, im Netz gefangen, sich selbst zerstörte.
Milo suchte nach einem Taschentuch, fand keines und fuhr sich mit dem Ärmel übers Gesicht. Er war noch atemlos. »Den wirst du aber . . . nicht mehr lange . . . behalten, das garantiere ich dir, Bess! Vergangenes Jahr . . . hat's hier Schlafkrankheit gegeben . . . und Fasanen sind die Überträger. Für die deinigen . . . bedeutet das Schluß . . . merk dir das!«
»Wo ist das Tagebuch?« fragte Bess. Sarah wußte jetzt, daß sie sich Hunter gegenüber genauso unbeugsam gezeigt hätte. Denn trotz ihres Posierens – ihrer betont schäbigen Kleider bei Tage und der gewählten Eleganz ihrer Abendkleider – war sie ein Mensch, der niemals und niemandem Konzessionen machte.
»Eigentlich«, Milo begann mit seiner Brille zu spielen, schob sie auf die Nase hinunter, eine peinliche Parodie seiner gewohnten spöttischen Geste, »eigentlich sollte dieses Tagebuch besser verschwunden bleiben. Denn du schneidest darin nicht gerade besonders gut ab, Bess. Und Edward war von

Nina ja vorne und hinten betrogen worden. Charles wird als Vollidiot hingestellt, allerdings von der gefährlichen Sorte. Harry hat ihr schöne Augen gemacht, und mit Hunter hat sie sich immer dort draußen in der Hütte getroffen –«

»Um Farne mit ihr auszugraben. Edward hat immer geglaubt, daß sie sie selber gefunden hätte«, warf Hunter ein, wurde dabei aber blutrot, als sei ihm erst jetzt klargeworden, wie Nina sich im stillen über ihn lustig gemacht hatte. »Du lieber Gott! Ich selber habe dir ja damals von dem Zwischenfall am Felsen erzählt und noch gemeint, daß man den Wald eigentlich einfrieden sollte, um spielende Kinder nicht zu gefährden.«

Long John kauerte jetzt ruhig in seinem Netz und schonte sein Gefieder. Wortlos, verbittert zog Bess ihre Lederhandschuhe wieder an und hob das Bündel samt dem Netz auf, so daß der lange Griff auf dem Scheunenboden nachschleppte. Dann sagte sie sehr ruhig: »Weißt du, Milo, ich sollte ihn wieder auf dich loslassen.« Einen schrecklichen Augenblick lang sah es so aus, als wäre sie wirklich dazu fähig.

Harry sprach mit zusammengebissenen Zähnen: »Du bist eigentlich viel zu bescheiden, Milo. Irgendwo in diesem Tagebuch wirst *du* doch sicher auch erwähnt? Was hatte Nina denn über dich zu sagen?«

Auf Milos Gesicht glitzerten Schweißtropfen – das einzige Zeichen, daß er Harry gehört hatte. Seine Stimme wurde vor höhnischem Frohlocken ganz hoch und schrill: »Sie war ja gar nicht Robs Kusine. Nicht die Spur. Sie war nur seine . . .«

Irgend etwas, vielleicht weil Rob einen Schritt vorwärts machte, oder weil Bess, immer noch den Silberhahn im Arm, sich plötzlich umwandte, brachte Milo zum Schweigen.

». . . alte Flamme«, schloß Bess an Milos Stelle so glatt und gewandt, daß Sarah einen Lachanfall nur mit Mühe unterdrücken konnte. Aber das Lachen verging ihr rasch, als sie das starre Entsetzen auf Kate Clemences Gesicht bemerkte. Offenbar hatte Kate das Märchen von der Verwandtschaft ohne weiteres geglaubt und, als Charles von ihr so kindisch begeistert war, Nina Trafton als notwendiges Übel hingenommen. Hier war natürlich auch die Erklärung für Robs feindselige

Einstellung gegenüber Sarah und gegen jedes Forschen nach Ninas Herkunft. Daß er diese Frau in Kates Kreis eingeführt hatte, die in gewissem Sinne an Charles' Tod schuld war, würde sie ihrem Bruder gewiß nicht so leicht verzeihen oder gar vergessen.

»Nina hatte nur gerade genug Geld für ihre Reise in der Tasche«, fuhr Bess fort, »und Rob war der einzige Mensch, der sie hier einführen konnte. Außerdem ist das ja alles schon unendlich lange her. Hast du dir denn wirklich eingebildet, Milo, daß du etwas in der Hand hattest, um auf Nina Druck ausüben zu können? Sie hatte mir das alles nämlich schon längst selbst erzählt. Aber offen gestanden, habe ich nicht die geringste Lust zu erfahren, weshalb dir soviel daran gelegen war, Nina drohen zu können, oder was sich eigentlich zwischen euch beiden abgespielt hat. Denn ich habe das bestimmte Gefühl, daß es eine höchst abstoßende Sache war.«

Damit ging sie in den Stall. Ihr kerzengerader Rücken war deutlichster Ausdruck ihrer Ablehnung. Der flatternde Morgenrock, der hinter ihr schleppende Netzgriff taten ihrer Würde keinen Abbruch. Alle hörten ihr sanftes, beruhigendes Zureden: »Ja doch, Long John . . . ja doch, mein Junge«, und Sarahs Wirklichkeitssinn geriet erneut ins Wanken. Bis zum Morgen war es noch lang, und da von einem Fasan keine polizeiliche Anzeige erwartet werden konnte, dürften jetzt wahrscheinlich alle zu Bett gehen und in aller Gemütsruhe auf das Schwinden der Dunkelheit warten, als hausten sie gar nicht unter demselben Dach mit einem Mörder. Trotz der Worte, die hier in der kalten, hallenden Scheune gefallen waren, der Dinge, die sich hier zugetragen hatten, dürften wohl nur die alten, handgeschnitzten Balken wieder ein neues Geheimnis zu wahren haben, denn Beweise gab es nicht. Milo brauchte lediglich alles glatt zu leugnen.

Milo wandte sich plötzlich zum Durchgang ins Haus. Es schüttelte ihn vor Kälte, als er, schweißbedeckt, in den kalten Luftzug geriet. Trotzdem machte er einen schwächlichen Versuch, Unbekümmertheit zu markieren. »Na also, *ich* bin jedenfalls nicht total verrückt und geh jetzt ins Bett. Evelyn!«

An Evelyn hatte überhaupt niemand mehr gedacht, weil sie immer noch in der Ecke kauerte, in die sie sich beim Erscheinen des Silberhahns geflüchtet hatte. Jetzt kam sie – ganz sanfter Gehorsam – zum Vorschein, blieb ein paar Schritte vor Milo stehen und erklärte sehr ruhig und objektiv: »Ich weiß aber, weshalb er sie umgebracht hat.«
Das war der Augenblick, auf den Evelyn gewartet hatte. Jetzt enthüllte sie die ätzende Schärfe, die sie in sich aufgespeichert hatte und nur ganz selten hinter ihrer Unsicherheit, ihrem Ungeschick und sinnlosen Geplapper zum Vorschein kommen ließ. Sie hatte Milos automatische Bosheiten sogar mit einer Art Genugtuung ertragen, sie sorgfältigst registriert und gewissenhaft dem hohen Preis hinzugerechnet, den er, einmal entdeckt und seiner Bestrafung zugeführt, zahlen mußte. Daß sie selbst dabei keine Hand im Spiel haben wollte, sondern passiv, mit unheimlicher Geduld auf ein Eingreifen von außen wartete, war für sie charakteristisch.
Milos ungläubiges Erstaunen äußerte sich nur in einer krampfhaften Verzerrung seiner Gesichtsmuskeln, die aber sofort wieder verschwand. Evelyn sprach ruhig weiter: »Sie hatte nämlich einen deiner Briefe gefunden, in dem von deinem Ankauf des schmalen Streifens Land die Rede war. Des Grundstücks, von dem du Bess immer vorgemacht hast, daß der Besitzer auf keinen Fall verkaufen wollte. Und dann hat sie herauskriegen wollen, wo du eigentlich das Geld dazu hergenommen hast, und das ist ihr auch gelungen. Und dann hat sie dir gesagt, daß sie Bess erzählen wird, daß du die Steuerabrechnungen gefälscht und die Farm schon seit Jahren bestohlen hast, wenn du nicht endlich aufhörst, sie zu belästigen. Aber deshalb hast du sie nicht umgebracht. Du hast sie nämlich nur umgebracht, weil sie dir ins Gesicht gelacht hat, als du dir Hoffnungen machtest, du könntest ein Verhältnis mit ihr haben. Ich habe selber gehört, wie sie dich ausgelacht hat. Und auch, wie sie dir gesagt hat, daß du . . . daß du dir nur noch Federn zulegen müßtest, damit du so aussiehst wie . . . wie . . .«, sie sprach nur mit Mühe, und Tränen tropften ihr von den Wimpern – halb hysterischer Haß, halb letzte Erinnerung an eine erloschene Liebe – »wie ein großer Specht, der

sich eine Brille aufgesetzt hat.«
Keiner lächelte, keiner rührte sich.
»Und ich habe auch gehört, was du zu ihr gesagt hast«, fuhr die zitternde Stimme fort. »›Du findest das wohl komisch, was? Nimm dich bloß in acht, daß du vor Lachen nicht umkommst!‹ Sarah! Warum bringt mich denn keiner von hier weg?«

Da der Stall als Versteck nicht mehr in Frage kam, wurde das Tagebuch auch bald ohne Schwierigkeiten gefunden. Um so unglaublich rasch wieder zu erscheinen, konnte Milo nur durch die Stalltür in die Einfriedung hinausgeschlüpft und dann um die Scheunenecke und quer über den Rasen durch die Vordertür ins Haus zurückgelaufen sein. Von Bess am Fuß der Treppe überrascht, erzählte er, er sei vom Bellen der Dobermänner auf der Nerzfarm aufgeweckt worden, denn auf dem Lande gilt Hundegebell bei Nacht immer als Warnungssignal.
Die Nacht war schrecklich gewesen – überall suchende, spürende Lichtstrahlen aus Taschenlampen – eine Erinnerung, die Sarah gewiß bis an ihr Lebensende nicht loswerden würde, obgleich sie so erschöpft war, daß diese Eindrücke ihr Bewußtsein immer nur in Zwischenräumen und kurze Augenblicke lang erreichten.
Sie saß bei Evelyn, die ununterbrochen redete, obwohl Bess ihr ein Beruhigungsmittel gegeben hatte. Evelyn hatte jede, auch die geringste Einzelheit, die gegen Milo angeführt werden konnte, ihrem Gedächtnis eingeprägt und für bloße Mutmaßungen durch ihre eigene, schlaue Auslegung von Milos Reaktionen und den Antworten, die sie von Sarah und den anderen bekam, Gewißheit erreicht. Die Polizei war wohl imstande, Zeugen vorzuführen, Alibis zunichte zu machen, Milo in ein Netz von Indizienbeweisen zu verstricken, aber ihr gesamtes Anklagematerial könnte sich trotzdem nie an Evelyns lückenlosem Dossier messen.
Evelyns Erinnerungen reichten bis auf den Tag zurück, als sie Milo beobachtet hatte, wie er Charles folgte, als er sich von der Wildvogelschau davonschlich. Es war für Milo kinderleicht

gewesen, irgendwo versteckt zu warten, bis Charles das Farmhaus wieder verlassen hatte, und sich dann Miss Braceways Betäubungsschlaf geschickt zunutze zu machen, Nina mit dem Kopf ins Wasserbecken zu stoßen und ihr Gesicht so lange unter Wasser zu halten, bis sie zu atmen aufgehört hatte. Dann versteckte er ihr Tagebuch im Fasanenkäfig, kehrte zu der Ausstellung zurück und war im Nu in der Menschenmenge untergetaucht. Evelyn schilderte, wie er sich nach der Rückkehr von der Schau, als Nina tot aufgefunden wurde, genauso ungläubig und entsetzt zu stellen wußte wie die anderen – und sicherlich darauf stolz war, daß ihm, Milo, der perfekte Mord geglückt war. Allerdings nur, bis Miss Braceways hartnäckiges Forschen Aufmerksamkeit zu erregen begann. Doch ihre verhängnisvolle Zusammenkunft mit Milo in der Hütte auf der Nerzfarm räumte diese Gefahr endgültig aus dem Wege.
Nachdem aber Peck aus seiner Haft wegen Mordverdachts an der Krankenschwester entlassen war, wurde es Milo klar, daß auch Charles der Mund endgültig geschlossen werden mußte. Sein kräftig entwickelter Selbsterhaltungstrieb half ihm sicher, dem wahren Grund für Charles' Gereiztheit und Unruhe auf die Spur zu kommen. Denn um Kates Ansicht zu teilen, daß Charles seine lächerlich unbedachte Heirat bereute und davon bedrückt sei, wußte er selbst zuviel von Charles' Verwicklung in die Umstände um Ninas Tod. Sein »zufälliges« Zusammentreffen mit Charles in New York war leicht arrangiert. Ebenso mühelos wußte er das Gespräch so zu lenken, daß Charles, der ohnehin schon vor einem nervösen Zusammenbruch stand, ihm seinen Entschluß anvertraute, seinen Anteil an der Schuld an Ninas Tod offen einzugestehen, weil er hoffte, daß sein Eingeständnis zur Entdeckung ihres Mörders führen würde.
Gewiß hatte er Milo damals auch erzählt, daß er den Schlüssel zu Ninas Tagebuch gefunden hatte. Evelyn erinnerte sich auch daran, daß Milo, als alle zu Charles' Begräbnis nach New York gekommen waren, in Sarahs Schlafzimmer gegangen war. Damals hatte er Charles' Foto an sich genommen, damit Dr. Vollmer es nicht etwa sehen sollte, aber den Schlüssel – dieses

belastende Beweisstück – fand er weder bei dieser Gelegenheit noch bei seinem späteren Versuch auf der Farm, als er das Futter von Bess' Handkoffer aufgetrennt hatte. Das war seine letzte, ebenso erfolglose Suche gewesen.

Unglücklicherweise hatte es Milo aber zu eilig gehabt und Charles nicht ermuntert, ihm noch mehr anzuvertrauen, ehe er ihn aus dem Fenster im zwölften Stockwerk stieß. Daher wußte er auch nichts von Charles' Verdacht, daß der Mörder das fehlende Tagebuch in einem der Fasanenkäfige verborgen haben könnte. Selbstverständlich mußte das ein Käfig im Stall selbst sein, der mehrere Versteckmöglichkeiten bot und in dem überdies Fasane untergebracht waren, deren berüchtigte Angriffslust Neugierige abschrecken würde. Charles hatte sich nur wenige Stunden vor seinem Tode noch die Namen der bösartigen Reeves und Elliots notiert, denn ihre Käfige hätten sich als Versteck für das Tagebuch besonders geeignet. Aber die Silberfasane hatte er ausgestrichen, weil er ja nicht wußte, daß sie kurz vorher im Stall untergebracht worden waren, wo der wilde Long John das Tagebuch sehr wohl bewachen würde.

Hätte Milo von dieser letzten Eintragung in Charles' Notizbuch gewußt, dann hätte er diesen belastenden Beweis längst wieder herausgeholt, lange noch ehe Sarah dem Geheimnis um Charles' Tod immer dichter auf der Spur, zur Farm zurückgekehrt war. Damit wären die hastige und gewagte nächtliche Expedition in den Stall und auch die Gefahr vermieden worden, den aggressiven Long John beim Herausholen des Tagebuchs zu verletzen. Milo hatte gehofft, daß die Murmel, die er in den Käfig geworfen hatte, Bess davon überzeugen würde, daß der Silberfasan von Kindern verletzt worden sei. Abgesehen von diesem Täuschungsmanöver blieb Milo nichts übrig, als seinem Glück zu vertrauen und zu hoffen, daß ihm sein Plan gelingen würde. Denn er konnte auf keinen Fall riskieren, daß Sarah den Beweis in die Hände bekam, der seine Person mit Ninas Tod, und davon ausgehend, mit dem Mord an Charles, der Krankenschwester und Peck verknüpfte. Ob Peck bei seinen Erpressungen wirklich Beweise in der Hand gehabt oder Milo nur

des Mordes verdächtigt hatte, war ein Punkt, der niemals geklärt werden konnte. Aber jedenfalls stand fest, daß seine Existenz für Milo Gefahr bedeutete und daß er daher liquidiert werden mußte.
Für Milo war jetzt jeder zu einer Bedrohung seiner Sicherheit geworden. Jeder – abgesehen von Evelyn. Er war von ihrer Dummheit, die er ja so verachtete, viel zu sehr überzeugt, um zu bemerken, daß sie jede seiner Handlungen mit gehässigem Argwohn registrierte. Und er war auch nie darauf gekommen, daß *sie* an Ninas Porträt eine winzige Hornbrille gerade über Ninas Kopf hineingemalt hatte, die er dann sehr schlau mit grüner Farbe übermalte, denn er glaubte an einen Schachzug Sarahs.
Sarah fielen die Augen zu, alles um sie drehte sich. Hier lag jetzt das Tagebuch – zu Wirklichkeit gewordene Mutmaßung – in dunkelblaues, verknittertes Leder gebunden, die beschriebenen Seiten von Mäusen angefressen. Hunter hatte es gefunden und es behutsam, aber mit deutlichem Widerwillen, in der Hand gehalten, und Bess warf nur einen einzigen Blick darauf und sah sofort wieder weg, als sei es ein giftiges Gewürm.
Sie mußte wohl wieder einmal eingenickt sein, denn plötzlich stand Milo mitten im Wohnzimmer, war aus der unheimlichen Stille dort oben in seinem Zimmer wieder erschienen, so leichenblaß, daß sein dunkles Haar, der dunkle Rahmen seiner Hornbrille ganz unnatürlich, wie aufgemalt, aussahen. Er trug einen Koffer in der Hand – der weichen, fetten Hand, die vier Menschen ums Leben gebracht hatte – aber seine Pose selbstsicherer Herausforderung wirkte nicht sehr überzeugend. Sein jagender Puls, die Panik eines Menschen, der sich in einer Falle gefangen sieht, verriet sich. Er sprach zu jemandem, der dicht hinter Bess in der Tür zum Eßzimmer stand: »Natürlich werde ich Sie dafür belangen, das ist Ihnen ja wohl klar. Wegen Verleumdung, Verletzung der bürgerlichen Ehrenrechte, widerrechtlicher Inhaftnahme und was mir sonst noch einfällt!«
»Sergeant«, hörte Sarah Bess' ruhige Stimme – sie mußte also sicher geschlafen haben, und zwar eine ganze Weile, denn

jetzt stand ein Mann in Polizeiuniform neben Bess – »mein Neffe hatte einen Fluchtversuch vor. Aus den Gründen, die ich Ihnen angab. Ich habe festgestellt, daß hier im Hause keine Geldbeträge fehlen, aber eine goldene Taschenuhr, ein Erbstück, war nirgends zu finden.«

Milo verzog höhnisch den Mund. Er ließ die Suche des sehr verlegenen Polizisten erst mit größter Zuversicht über sich ergehen, aber als Charles' goldene Uhr aus seiner Jackentasche zum Vorschein kam, blieb ihm der Mund vor Staunen offenstehen. Der Polizist unterbrach die Flut seiner wüsten Schimpfworte mit der Frage an Bess: »Ja, also . . . Mrs. Gideon . . . wollen Sie Anzeige erstatten? Ich meine nur eben . . . daß Sie vielleicht doch . . .?«

Denn bei einem Mitglied der Familie war das sonst nicht üblich. Solche Fälle wurden meistens unter sich besprochen und bereinigt. Trotz der schrecklichen Dinge, die er vorhin anhören mußte, war wohl anzunehmen, daß man sich auch hier gegen eine polizeiliche Anzeige entscheiden dürfte, die ja in einem so kleinen Ort unvermeidlich Aufsehen erregen mußte.

»Ja«, antwortete Bess. Einen Augenblick lang schlug sie die Hände vors Gesicht. »Ja, ich erstatte Anzeige, Sergeant.«

Die abgehackten Rufe der Fasanen schrillten durch die Morgendämmerung, so unerwartet in der großen Stille wie das plötzliche Aufleuchten ihres farbigen Gefieders gegen den eben noch rauchgrauen, jetzt schon perlfarbenen Hintergrund. Als Sarah zum letztenmal zwischen den Käfigen auf und ab ging, richtete sie das Gesicht immer wieder nach oben, empfing die kalte Feuchte der Morgenluft, als sei sie warmer Regen. Sie gab dem Bantam-Hahn zum letztenmal ein Stückchen Brot, der aber seinen Hennen galant den Vorrang ließ und selbst kein Krümelchen abbekam, fütterte die Mandschu und die Amhersts mit ihren geliebten Rosinen und die japanischen Kupferfasanen mit zerpflückten Salatblättern.

Aber sie konnte sich nicht dazu bringen, den Silberfasanen auch nur in die Nähe zu kommen.

Im Hause war alles still, obwohl nur Evelyn zu Bett gegangen war. Hunter hatte Milo und den Beamten begleitet, weil er der Polizei das Tagebuch übergeben wollte. Daß sein Inhalt gründlich gelesen werden mußte, war selbstverständlich. Aber voraussichtlich würde die Polizei den Fall mit größter Diskretion behandeln, denn Bess war in dem kleinen Ort allgemein geachtet. Die Geschwister Clemence waren wieder erschienen – mit dem Verschwinden der Morgenröcke hatte sich auch teilweise die traumhafte Unwirklichkeit der vergangenen Nacht verflüchtigt – und wollten jetzt bei Bess bleiben. Es war, als sei ein ganzes Jahr ausgelöscht und als läge jetzt dort oben wieder ein Mensch zwischen Leben und Tod.

Sarah ging zum Rasen hinterm Haus. Dort stand der Kirschbaum, den sie von ihrem Fenster im Obergeschoß so oft gesehen hatte. Und an einem Zweig hing der Dohlenkäfig, weit geöffnet. Als vorhin die Vordertür so laut und hallend ins Schloß gefallen war und die Dohle, aus dem Schlaf geweckt, ihr gewohntes »Hallo, Milo« krächzte, das sich jetzt so schrecklich anhörte, war es mit Bess' Haltung und Selbstdisziplin zu Ende. Sie sprach mit schwankender Stimme: »Hunter . . . bitte . . . ich kann einfach nicht . . . ich kann das nicht aushalten . . .«

. . . Und jetzt war die Dohle eben daran, einen Entschluß zu fassen. Den Kopf seitlich geneigt – wie in grotesker Nachahmung Milos – saß sie vorgebeugt und betrachtete die offene Käfigtür mit ungläubiger Verwunderung. Im Käfig war Futter, Wasser, Sicherheit. Aber draußen . . .

Schritte kamen geräuschlos über den kalten, vergilbten Rasen. Sarah drehte nur halb den Kopf und flüsterte: »Sieh doch, Harry!« Dann standen beide schweigend und sahen zu, wie die Dohle von ihrer Stange hüpfte, sich der Käfigtür vorsichtig näherte und mit ihren glitzernden Augen mißtrauisch zu diesen Menschen hinüberspähte, die nicht ahnten, was sie jetzt vorhatte. Sarah wollte gerade die Hände über die Ohren legen, aber die Dohle blieb ganz still, sträubte nur leicht ihr Gefieder und stieg dann flügelschlagend auf. Flog höher und immer höher über Wiesen und Felder und verschwand im Wald.

»Das nenne ich mir einen weisen Raben«, bemerkte Harry. Seine Stimme klang ungewohnt. Und er hielt sich etwas abseits von Sarah. Denn die Empfindung augenblicklicher Zusammengehörigkeit zwischen zwei Menschen, über alle Schranken hinweg, muß sich wandeln, wird zu einem gänzlich anderen und neuen Gefühl, wenn diese Schranken gefallen sind. Er sah ernst aus, und seit dem Tag, als Sarah ihn zum erstenmal gesehen hatte, war sein Gesicht hagerer, älter und ihr unsagbar lieb geworden. »Der Wagen ist bereit. Kommst du?«

Sarah hatte es sehr viel besser als die Dohle. Denn sie wußte ganz genau, hatte es schon immer gewußt, was dort in der Ferne auf sie wartete. »Ich komme.«

Agatha Christie

Agatha Mary Clarissa Miller, geboren am 15. September 1890 in Torquay, Devonshire, sollte nach dem Wunsch der Mutter Sängerin werden. 1914 heiratete sie Colonel Archibald Christie und arbeitete während des Krieges als Schwester in einem Lazarett. Hier entstand ihr erster Kriminalroman *Das fehlende Glied in der Kette.* Eine beträchtliche Menge Arsen war aus dem Giftschrank verschwunden – und die junge Agatha spann den Fall aus. Sie fand das unverwechselbare Christie-Krimi-Ambiente.
Gleich in ihrem ersten Werk taucht auch der belgische Detektiv mit den berühmten »kleinen grauen Zellen« auf: Hercule Poirot, der ebenso unsterblich werden sollte wie sein weibliches Pendant, die reizend altjüngferliche, jedoch scharf kombinierende Miss Marple (*Mord im Pfarrhaus*).
Im Lauf ihres Lebens schrieb die »Queen of Crime« 67 Kriminalromane, unzählige Kurzgeschichten, 7 Theaterstücke (darunter *Die Mausefalle*) und ihre Autobiographie.
1956 wurde Agatha Christie mit dem »Order of the British Empire« ausgezeichnet und damit zur »Dame Agatha«. Sie starb am 12. Januar 1976 in Wallingford bei Oxford.

Von Agatha Christie sind erschienen:

Das Agatha Christie Lesebuch
Agatha Christie's Miss Marple
Ihr Leben und ihre Abenteuer
Agatha Christie's Hercule Poirot
Sein Leben und seine Abenteuer
Alibi
Alter schützt vor Scharfsinn nicht
Auch Pünktlichkeit kann töten
Auf doppelter Spur
Der ballspielende Hund
Bertrams Hotel
Die besten Crime-Stories
Der blaue Expreß
Blausäure
Das Böse unter der Sonne
oder Rätsel um Arlena

Die Büchse der Pandora
Der Dienstagabend-Club
Ein diplomatischer Zwischenfall
Dreizehn bei Tisch
Elefanten vergessen nicht
Die ersten Arbeiten des Herkules
Das Eulenhaus
Das fahle Pferd
Fata Morgana
Das fehlende Glied in der Kette
Ein gefährlicher Gegner
Das Geheimnis der Goldmine
Das Geheimnis der Schnallenschuhe
Das Geheimnis von Sittaford
Die großen Vier
Das Haus an der Düne
Hercule Poirots größte Trümpfe
Hercule Poirot schläft nie
Hercule Poirots Weihnachten
Karibische Affaire
Die Katze im Taubenschlag
Die Kleptomanin
Das krumme Haus
Kurz vor Mitternacht
Lauter reizende alte Damen
Der letzte Joker
Die letzten Arbeiten des Herkules
Der Mann im braunen Anzug
Die Mausefalle und andere Fallen
Die Memoiren des Grafen
Mit offenen Karten
Mörderblumen
Mördergarn
Die Mörder-Maschen
Mord auf dem Golfplatz
Mord im Orientexpreß
Mord im Pfarrhaus
Mord im Spiegel oder Dummheit ist gefährlich
Mord in Mesopotamien
Mord nach Maß
Ein Mord wird angekündigt
Die Morde des Herrn ABC
Morphium
Nikotin
Poirot rechnet ab
Rächende Geister
Rotkäppchen und der böse Wolf
Ruhe unsanft
Die Schattenhand
Das Schicksal in Person
Schneewittchen-Party
Ein Schritt ins Leere
16 Uhr 50 ab Paddington
Der seltsame Mr. Quin
Sie kamen nach Bagdad
Das Sterben in Wychwood
Der Tod auf dem Nil
Tod in den Wolken
Der Tod wartet
Der Todeswirbel
Tödlicher Irrtum oder Feuerprobe der Unschuld
Die Tote in der Bibliothek
Der Unfall und andere Fälle
Der unheimliche Weg
Das unvollendete Bildnis
Die vergeßliche Mörderin
Vier Frauen und ein Mord
Vorhang
Der Wachsblumenstrauß
Wiedersehen mit Mrs. Oliver
Zehn kleine Negerlein
Zeugin der Anklage